新潮文庫

棲月

―隠蔽捜査７―

今野　敏著

新潮社版

11323

棲月（せいげつ）

隠蔽（いんぺい）捜査7

1

「留学しようかと思ってるんだけど……」

竜崎伸也(りゅうざきしんや)が出かけようとしていると、息子の邦彦(くにひこ)が言った。

「留学……？」

仕度(したく)の手を止めずに、竜崎は尋ねた。「どこへ留学しようというんだ？」

「ポーランド」

「ポーランド……」

意外な国名だった。

それでも、竜崎は手を止めようとしない。

出かけるまでの朝の儀式は変えたくはない。

朝起きると、コーヒーを飲みながら、新聞各紙をめくる。そのチェックが終わると朝食だ。

必ず和食を食べる。味噌汁（みそしる）とご飯でなければ朝食をとった気になれない。

それから着替えて玄関に向かう。

妻の冴子（さえこ）は、玄関まで見送りに来ることもあれば、台所から「行ってらっしゃい」と声をかけるだけのこともある。

それは彼女の都合で、どちらでも竜崎はまったく気にしない。

後はエレベーターでマンションの一階に行き、迎えに来ている公用車に乗り込むだけだ。

出勤する日は、この手順を変えない。分単位でほとんど同じことが繰り返される。

セレモニーに意味があるわけではなく、別にジンクスもない。

だが、この順序が狂ったり、何かが抜けたりすると、出かけてからも落ち着かない気分になることがある。

大森署の署長になってから、竜崎は一度も旅行したことがない。

大事件が起きたときに、署長が旅行中、などという事態になったら、マスコミに何を言われるかわからない。責任上、二十四時間・三百六十五日、管内から離れることができないのだ。

これは竜崎だけではない。警察の幹部ならば誰もが心がけていることだ。

署長が長期にわたって管内を留守にすることはない。同様に、警視総監や県警本部長などは、都内や県内を離れることはない。

実は、いなくてもどうということはないと、竜崎は思っている。

署長がいなくても、警察署は機能する。日本の警察官は優秀だし、機構もしっかりしている。

警察官が不祥事を起こすと、マスコミが鬼の首を取ったように大きく報道する。まるで、警察に対して悪意を持っているかのようだ。

おかげで、日本の国民の多くは、警察官は無能で、警察機構は役立たずだと思い込んでいる。

だが、決してそんなことはないのだと、竜崎は信じている。日本の警察は、世界のレベルで言えばトップクラスだ。

どんな国に行っても、たいてい警察機構は腐敗している。

麻薬組織と警察が完全に癒着していることさえある。

竜崎はこれまで、多くの若い警察官と接してきたが、彼らは驚くほど立派だ。戦後、日本の教育はだめになったとか、ゆとり教育の弊害が出ているとか言われているが、彼らを見ていると、そうしたマスコミの物言いが間違っていると思えてくる。

悪いところ、だめなところを報道していれば、人々の注目を集めることができる。だから、マスコミは世の中の悪いところだけを強調したがる。

竜崎は、世の中はそれほど捨てたものではないと思っている。

その日も竜崎は、起きてからまったく手順を変えることなく、玄関で靴をはくところまで来た。

その途中で邦彦と会話をしていたのだ。

靴をはき終えた竜崎は、玄関までついてきた邦彦に言った。

「留学については、帰ってきてから詳しく聞く」

「わかった」

その日、冴子は玄関まで見送りに来た。

「あら、邦彦もお見送り？」

「いや。ちょっと話があったんだ」

竜崎は邦彦に言った。

「ポーランドだって？」

竜崎は小さくかぶりを振って、玄関のドアを開けた。

「ポーランド」

署に着いていつものように一階を横切り、署長室にやってきた。

そのとき竜崎は、おや、と思った。

署長室のドアの脇に副署長の席がある。伝統的にその席は「次長席」と呼ばれている。

貝沼悦郎副署長が立ち上がるのが見えた。

「おはようございます」

「おはよう」

彼は警察官というより、ホテルマンか何かのように見える。最も適切な表現はおそらく「執事」だ。だが、日本に執事はいない。イギリス貴族の屋敷には、今でもいるのだろうか……。

彼の脇を通り抜けて、署長室に入る。

すぐに、斎藤治警務課長がファイルを抱えて入室してきた。

ファイルの数は半端ではなく、とても斎藤一人では運びきれない。警務課の係員が一人従っていた。

斎藤はいつものように、来客用のテーブルの上にファイルを積み上げると、竜崎の今日の予定の確認をした。

幸い、外出の用事はない。これは珍しいことだ。署長ともなれば、地方自治体の催し物に引っ張り出されたり、会議に招かれたりする。

山と積まれた書類に、片っ端から判を押していかなければならない。午前中になんとか、押印の目処をつけたいと竜崎は思いながら、斎藤警務課長に言った。

「今日は、なんだか人が少ないような気がするんだが……」

「はい。電車が止まっているようです」

斎藤課長は、ある私鉄の名前を告げた。

警察署のすぐ近くにその私鉄の駅があった。若い署員は寮にいる。だが、所帯を持って寮を出た者や一般職の者の多くはその路線を利用している。

事故の話は聞いていない。

「いつからだ？」

「午前七時頃に止まったようです」

「事故か？」

竜崎が尋ねると、斎藤課長が即座にこたえた。

「システムダウンだということですが……」

現代では何もかもがコンピュータで管理されている。コンピュータも機械だから故障する。

もちろん、鉄道会社ともなれば、そのためのバックアップ態勢も万全のはずだ。なのに、どうしてシステムがダウンするのだろう。

竜崎が大森署に来てから、こんなことは初めてだ。

「復旧の見通しは？」

「今のところ、連絡は来ておりません」

「システムが回復しないと、電車が動かせないわけだな」

「そういうことだと思います」

「電車は、コンピュータなどない時代から走っていたはずだがな……」

「は……？」

「いや、何でもない」

コンピュータがない時代、鉄道員たちは時計だけで、つつがなく列車を運行させていたはずだ。

蓄積されたノウハウと経験による技術。その代わりにコンピュータが導入された。たしかに、正確で安全な運行が手に入っただろうが、失われたものも大きいような気がする。

こうしてシステムダウンなどの事態に直面すると、その失われたものがはっきりする。

だが、今どきそんなことを言っても始まらない。すべてはコンピュータシステムありきで成り立っているのだ。

竜崎はさらに尋ねた。

「署員が遅刻していることで、何か影響は？」

「地域課の交代要員に不足が生じていますが、それはなんとかカバーできると言っています」

「交通課は？」

「地域課と同様に交代制の職場は手薄になっていますが、交通課は今のところ問題はないと言っています」

「交通課が手薄になれば、街のドライバーやライダーが喜ぶかもしれないな」

斎藤課長が眉（まゆ）をひそめた。

「署長がそのようなことをおっしゃっては……」

「取り締まられる側の気持ちも考えないとな。刑事だって犯罪者の心理を推理するだろう」

「それとはちょっと違う気もしますが……」

「他の課についても調べてくれ。ささいなことでも支障があるといけない」

「わかりました」

斎藤警務課長が出て行くと、竜崎はふと気になって、貝沼副署長を呼んだ。

「何でしょう」

「鉄道会社のシステムダウンの件だ。原因が何かわかっているのか？」

「まだ発表はないと思いますが……」

「問い合わせてみてくれ」

貝沼が怪訝(けげん)そうな顔をする。

「システムダウンの原因について、鉄道会社に問い合わせろと……」

「そうだ」

しばし戸惑っている様子だったが、やがて貝沼は言った。

「承知しました」

彼はもし何か疑問に思っても、署内で唯一の上司である竜崎に、たいていは従う。その点も執事のようだと、竜崎は思った。

竜崎は判押しをしながら、貝沼の報告を待つことにした。

署長室のドアは、竜崎が着任したときから開け放たれている。ドアを閉ざしたとたんに物事の風通しが悪くなるのだ。情報の行き来が滞り、署員たちは署長室を聖域のように見なすようになる。

竜崎はそれを恐れた。

署長室は常に開かれていなければならない。その考えを実践してきたのだ。

指示を出してから約十五分後に、貝沼が戻ってきた。

「原因は不明だということです」

「復旧の目処は？」

「午後には復旧するということですが……」

「原因が不明なのに、復旧できるのか？」

「なぜダウンしたかはわからなくても、どうしてダウンしたかはわかるのでしょう」

竜崎は眉をひそめた。

「壊れた理由はわからないが、システムやプログラムのどこが壊れているかはわかる、ということか？」

「そういうことですね」

「利用者への影響は？」

「適宜（てきぎ）振替輸送を行ってはいますが、通勤時間帯ということもあり、十万人以上に影響が出そうだということです」

「生安課長を呼んでくれるか？」

「はい、ただいま……」

貝沼は部屋を出て、出入り口脇にある自分の席から内線電話をかけた。

しばらくして、笹岡初彦（ささおかはつひこ）生活安全課長と、貝沼がそろって入室してきた。

笹岡生安課長は五十一歳だが、細身で白髪なので、実年齢よりも老（ふ）けて見える。

「お呼びですか」

「私鉄が停まっているのを知っているな」

「ええ。システムダウンだそうですね」

「係員を鉄道会社に送って、事情を聞いてきてくれ。原因がわかるまでその会社に詰めさせてもいい」

貝沼が驚いた顔になって言った。

「原因不明だという返事では、納得していただけませんか」

「会社からの公式の返答としては納得した。だが、気になる」

「気になる……？　なぜでしょう……」

「原因が不明ということは、あらゆる原因が考えられるということだからだ」

「はあ……」

　貝沼は少々困ったような顔で、笹岡生安課長の顔を見た。

　笹岡が竜崎に言った。

「何か犯罪の可能性があるということですね？」

「それはわからない。だから、話を聞きに行くんだ」

　貝沼が言った。

「鉄道会社の本社は高輪にあります」

「それがどうした？」

「大森署の管轄外です」

「そんなことはどうでもいい。もし、高輪署から誰か行っていたら、戻って来ればいい」

「大森署の係員が行く理由がありません」

「理由はある。その会社の路線は港区から神奈川県まで行っているが、都内では大半が大田区を通っている。わが大森署管内を通っているんだ。そこで、大きな影響が出ているというんだろう」

「それはそうですが……」

「すぐに誰かを行かせてくれ」

貝沼が笹岡生安課長を見た。笹岡が言う。

「了解しました」

「サイバー犯罪に詳しい者がいい」

「担当者を送ります」

二人は礼をして署長室を出ていった。

竜崎は、判押しを再開したが、すぐにその手を止め、携帯電話を取り出した。

相手は呼び出し音五回で出た。

「おう、竜崎か。どうした」

伊丹俊太郎刑事部長の声だ。

幼馴染みの伊丹と連絡を取るには、警電よりも携帯電話のほうが手っ取り早い。

「私鉄がシステムダウンで運休しているのを知っているか？」

「ああ。警視庁本部でも若干の影響が出ている。おまえのところを通っている私鉄だったな。大森署は影響が大きそうだ」

「私鉄が停まったくらいで影響を受けるようなら警察署は役に立たないよ」

「なんだ、心配してやってるのに、かわいげのない言い草だな。それで電話してきたんじゃないのか」

「本部なら何か情報を持っているんじゃないかと思ってな」

「情報？ 何の？」

「鉄道会社の本社に問い合わせたが、システムダウンの原因は不明だそうだ。何か聞いてないか」

「何を言ってるんだ、おまえ。俺は刑事部長だぞ。システム管理者じゃない」

「鉄道会社のシステムだ。おそらく二重三重にバックアップ態勢を取っているに違いない。それがダウンしたんだ」

「それがどうした」

「いろいろなケースが考えられるだろう。警察としては犯罪も考慮しておかなければならない」

「サイバー犯罪だってのか？」

「その可能性はある」

「おいおい、電車が停まっただけだよ。まあ、警視庁本部でもけっこうな数の遅刻者が出たが、ただそれだけのことだ。俺たちが動くようなことじゃない。おまえは大げさなんだよ」

「俺たちは常に、最悪の事態を考えておかなければならないんだ」

「それはわかるがな……。考え過ぎだと思うよ。それにな、もしサイバー犯罪ならお門違いだ。連絡するなら生安部長だろう」

「生安部長は代わったばかりだろう。面識がない」

「別に面識がなくたって遠慮するようなおまえじゃないだろう」

「おまえに携帯で電話をしたほうが話が早い。おまえから生安部長に訊いてくれないか」

「なんで、俺が……」

「部長同士だろう」

伊丹がうめいた。

「実は、新生安部長は苦手なんだよ。鹿児島出身だしな……」

「出身地が何か関係あるのか？」

「薩摩だよ」

初代警視総監は、薩摩藩出身の川路利良だ。フランスの警察制度を導入して、近代的な警察機構を作り上げ、日本警察の父と呼ばれている。

ちなみに、当時の役職名は大警視だが、便宜上「初代警視総監」といわれることが多い。

川路利良だけではなく、明治時代の警察官僚には薩摩・長州出身者が多い。明治政府自体に薩長出身者が多かったので、当然といえば当然だ。

だが、信じがたいことに、現代でも警察機構では薩長閥があると言われている。それ故に、福島県警本部長の人選についてはいまだに神経を使うのだそうだ。

そういえば、伊丹はかつて福島県警刑事部長をやっていたことがある。

「ばかばかしい」

竜崎は言った。「そんなことを気にすることはない」

「気にしているわけじゃないけどな……。どうも薩摩人は性に合わないんだ」

「いいから、連絡を取ってみてくれ」

「しょうがないな……。用はそれだけか？」

「おまえ、ポーランドに詳しいか？」

「ポーランド？　いや、全然だな。ポーランドがどうかしたのか？」

「いや……」

「あ、ひょっとして美紀ちゃんの婚約者の三村君か？　たしかカザフスタンにいたんだったな。今度はポーランドというわけか」

娘の交際相手の三村忠典のことを言っているのだ。彼は商社マンで、伊丹の言うとおり、カザフスタンに赴任していたことがある。

「そうじゃない。忠典君は関係ない。それに、彼は美紀の婚約者じゃない。交際相手に過ぎない」

「え、てっきり婚約者だと思っていた」

「いろいろあってな……」

「三村君のことじゃないとしたら、何なんだ？」

「それはもういい。システムダウンの件、何かわかったら連絡してくれ」

竜崎が電話を切って、ポケットにしまったとき、貝沼副署長と笹岡生安課長が部屋に駆け込んできた。

竜崎は尋ねた。

「どうした？」

貝沼副署長がこたえた。

「銀行でシステムダウンです」

2

竜崎は署長室にあるテレビをつけた。ＮＨＫだ。何か速報があるかもしれないと思った。

だが、通常通りの番組をやっているだけだ。すでに速報が流れた後なのだろう。続報はまだなさそうだ。

竜崎は貝沼と笹岡に尋ねた。

「銀行の機能がストップしているということか？」

貝沼がこたえる。

「一分ほど前に、ＮＨＫで速報が流れました。都市銀行のシステム障害だということです。詳しいことはまだわかっていません」

笹岡生安課長が言う。

「鉄道に続いて、銀行でもシステム障害です。偶然かもしれませんが……」

「偶然などというのは、警察官の考えることじゃない。すぐに、その銀行にも人を送れ。本店はどこだ？」

「千代田区大手町です」

貝沼が気遣わしげに言った。

「鉄道会社については、路線が署の管轄内を通っているという理由がありましたが、銀行に署員を派遣する理由がありません」

「誰かがやらなければならない。気づいた者が着手する。そうでなければ、警察の機構を十全に活用することはできない」

「はあ……。それはそうなのですが……」

「何かあれば責任は俺が取る」

その言葉に、貝沼は背筋を伸ばした。

「わかりました。すみやかに対処します」


笹岡生安課長が言ったとおり、偶然の可能性はある。

だが、警察官が希望的観測で手をこまねいているわけにはいかない。特に指揮官は一手先を読まなければならないと、竜崎は考えている。

午前十時過ぎに、再び笹岡生安課長がやってきた。

「鉄道会社に行っている係員から連絡が入りました。システム担当者によると、外部からシステムに侵入されたことも、考えなくてはならない、ということです」

「曖昧だな。侵入の痕跡があったわけじゃないのか？」

「電車の運用管理システムは、インターネットとは接続していない、独立した通信系なんだそうです。本来なら侵入は考えられないのですが……」

「だが、あり得ないことじゃないということだな」

「何が起きるかわからないのが、コンピュータの世界なんだそうです」

「銀行のほうはどうだ？」

「そっちは難航していますね。鉄道会社に比べて、銀行は秘密主義ですからね」

「警察の捜査に協力しないというのか」

「銀行が恐ろしいのは警察ではなく金融庁でしょう」

「別に罪に問おうとしているわけじゃない。何が起きているのかを知りたいだけだ。それをよく説明してやれ」

「わかりました」

竜崎はふと気になって尋ねた。

「現場に行っている捜査員は、ＩＴに詳しいのか？」

まったくコンピュータやインターネットのことについて知識のない捜査員ならば、

説明を聞いてもちんぷんかんぷんだろう。そうなれば、報告も怪しげなものになりかねない。

笹岡課長はこたえた。

「各署の生安課にも本部のサイバー犯罪対策課に対応する班を作り、担当者には定期的に研修を受けたり、コンテストに参加するようにとの指導が、本部よりありましたので、わが署でもそれに対応しております」

プログラムやハッキングの技術を競うコンテストが数多く催されている。警察のIT技術者もそうした催しに積極的に参加して技術を高めるように、ということらしい。

月

「もちろんその話は知っている。その班の担当者が現場に行っているということだな？」

「はい」

棲

「一般職ではなく、警察官なんだな？」

「ええ。ですから、ＩＴの専門家ではありませんが、それなりに知識と技術はあるはずです」

「わかった。知らせを待とう」

そこに斎藤警務課長が顔を出した。

「あのう……」

「何だ？」

「第二方面本部の野間崎(のまざき)管理官がおいでですが……」

何の用だろう。管理官が所轄を訪ねて来るのはだいたいろくなことではない。

「お通ししろ」

野間崎管理官が入室すると、笹岡課長はその場で礼をした。

野間崎はまっすぐ竜崎の机の前にやってきた。竜崎は座ったままだった。これはいつものことだ。

「署長……」

野間崎管理官は挨拶(あいさつ)もなしに、いきなり言った。「高輪署の管轄に、署員を送ったそうですね」

「鉄道会社の件か？」

「そうです」

そんなことを、どうやって嗅(か)ぎつけるのだろう。

「それがどうかしたか？」

「弓削(ゆげ)方面本部長からの伝言です。積極的なのはいいが、約束事は大切にしていただきたい。管轄は伊達に決められているわけではありません」

「もちろん伊達に決められているとは思っていない。だが、必要ならその境界を越えるべきだ。管轄を気にするあまり、必要な捜査ができない、などということがあれば問題だ」

野間崎管理官は、鼻白んだ表情になった。

「それはそうだと思いますが……」

「必要なら、私はどんなことでもやる」

「それもわかっているつもりです。ええ、私個人はわかっているのです。竜崎署長に何を申し上げても無駄だと……」

「そんなことはない。他人の意見には耳を傾けているつもりだ」

「しかし、弓削方面本部長は、第二方面本部のすべての所轄署を自分の支配下に置きたいのです。警察組織においては何より統率が重要だと考えています」

「私だって統率は重要だと思っているよ」

「だったら、所轄の分をわきまえていただきたい」

「どうしろと言うんだ？」

「高輪署管内の鉄道会社と、丸の内署管内の銀行に出動している係員を引き上げさせてください」

竜崎はぽかんとした顔で野間崎を見た。

「それは君の判断か？」

「いえ、そうではありません。弓削方面本部長の指示です」

「では、帰って伝えてくれ。捜査を妨害すると、公務執行妨害罪を適用すると」

今度は、野間崎が啞然とする番だった。

彼は言葉もなく、竜崎を見つめていた。

竜崎は言った。

「冗談だと思っているんだろう。だが、私は必要ならやる」

「弓削方面本部長は、公務を行う者に対して暴行も脅迫もしていませんよ」

「私に対して圧力をかけるのは、脅迫と変わらない」

「警察の原則は上意下達です。それを公妨だ、などと言い出したら、警察の機構自体が成り立ちません」

「係員を送る必要があると判断したので、そうした。それを誤りだというのなら、その根拠を示していただきたい」

野間崎は声を落とした。

「先ほども申しました。私自身は理解しているつもりです。しかし、弓削方面本部長も一度言い出したらおいそれと引く人じゃありません」

泣きが入った。

野間崎管理官は板挟みになっているということだ。

「君が何とかしてくれ。方面本部内の問題を大森署に押しつけられても困る」

「ではせめて、どうして鉄道会社と銀行に署員を出動させたのか、その理由をお聞かせください」

月「サイバー攻撃の疑いがあるからだ」

「まさか……。たまたまシステムの故障が重なっただけでは……」

「方面本部がそう考えているのだとしたら、あまりに認識が甘い。たしかに方面本部に捜査指揮権はないが、犯罪の認識はしっかり持ってもらわないと……」

棲「しかし、証拠はないのでしょう？」

「証拠を見つけるために捜査をするんだ。黙っていて証拠が転がり込んでくるわけじゃない」

「捜査をして、もしサイバー攻撃ではないことがわかったら……？」

「それはそれでいいじゃないか。犯罪性がないことを確認するのも警察の役目だ」

野間崎はしばらく無言で竜崎を見つめていた。

「何だ？」

竜崎は尋ねた。「私は何か、妙なことを言ったか？」

「いえ、やはり所轄の署長に収まっているような方ではないと思いまして……」

「私は警察署長の役目をちゃんと果たそうとしているだけだ」

そのとき、机上の電話が鳴った。

「ちょっと失礼するよ」

竜崎は電話に出た。「はい、竜崎」

「あ、斎藤です。警視庁本部の生安部長からお電話ですが……」

「ちょっと待ってくれ」

竜崎は野間崎に言った。

「本部の生安部長からだ」

野間崎管理官は、飛び上がりそうになった。警察本部の部長というのは、それだけ偉いのだ。

「では、私は失礼します」

野間崎が退出する姿を眼で追いながら、竜崎は電話に出た。

「つないでくれ」

「承知しました」

ややあって、電話がつながった。

「竜崎署長か？」

「はい。竜崎です」

「生活安全部の前園だ」

伊丹から話を聞いて電話してきたのだろう。正直言って、直接電話がかかってくるとは思っていなかった。

「鉄道会社のシステムダウンの件ですか？」

「噂通りだな。初めて話をするんだから、まず挨拶くらいはするものだろう」

こういう場合、挨拶など時間の無駄だと、竜崎は思っている。日本の社会においては、挨拶だの礼儀だのというのが、仕事の上でも潤滑剤になっていることは、心得ている。

だが、警察の仕事は一刻を争うことが多い。竜崎としては一秒も無駄にしたくはないのだ。

竜崎が黙っていると、じれたように前園生安部長が言った。

「まあいい。大森署から鉄道会社に人を送ったそうだな」

「早急に事情を聞く必要があると思いました」

「出過ぎたことだとは思わなかったのかね？」

「思いませんでした」

しばらく間があった。

「電車が停まったくらいで、捜査に乗り出すやつがいるとは思わなかった」

「通勤時間帯で、利用者にも多大な影響が出ています。事情を知っておく必要があると思ったのです」

「しかし、大森署は関係ないだろう」

「路線の東京区間の多くが大田区内を通っており、大森署管内も通っているのです。大森署に一番近い鉄道の駅が、その私鉄の駅なのです」

「銀行でもシステム障害があった。そこにも人を送ったそうだな」

「はい」

「それこそ、大森署と関係ないだろう。銀行の本店は千代田区大手町だ」

「鉄道会社のシステムダウンと関連があるのではないか、と思ったからです」

「どういう関連だ」

「最悪の場合、サイバーテロの恐れもあります」

「いい判断だ。だが、所轄のやることではない。ましてや、大森署の管轄外だ」

第二方面本部の弓削本部長といい、前園生安部長といい、どうして管轄にこだわるのだろう。気がついた者が端緒に触れる。それでいいじゃないか。

「引き上げろとおっしゃるなら引き上げさせます。誰だっていたずらに仕事を増やしたくはありませんからね。ただし、ある程度事情がわかってからにさせていただきます」

「すぐに引き上げさせろ」

「せっかく出向いたのです。何か成果を持って帰らせます」

「きさん、おいに逆らうか」

鹿児島弁か……。

「逆らいはしません。引き上げろという指示には従います」

「一介の警察署長が、生意気なことを言うな」

竜崎はうんざりしてきた。

「サイバー犯罪対策課は出動したのですか？」

「きさんの気にすることではない」

竜崎は話す気もなくなり、黙っていた。

前園生安部長が言った。

「大森署員は管内でおとなしくしていろ。わかったな」

電話が切れた。

受話器を置き、一刻も早く今の電話のことを忘れようと思った。理不尽な命令には従ってはならない。竜崎はそう考えていた。

警察は軍隊ではない。上官の命令に盲従する必要はない。犯罪捜査と事件解決のために何が重要かを、警察官一人ひとりが考える必要があるのだ。

前園部長にも言ったとおり、すぐに係員を引き上げさせる気はなかった。何かわかってからでも遅くはない。

しばらく判押しを続けていると、携帯電話が振動した。伊丹からだった。

「何だ?」

「前園生安部長から電話があったんじゃないかと思ってな」

「あった」

「何だって?」

「署員をすぐに引き上げさせろと言われた」

「それで……？」

「何かわかったら引き上げさせると言った。出動させておいて、手ぶらで帰ってこいとは言えない」

「おそらく、生安部では、二件のシステム障害が、サイバー攻撃によるものである可能性を考慮して対応しているはずだ」

「俺には、そんなことは一言も言わなかった」

「所轄が本部よりも先に、事情を聞きに行ったことが悔しいんじゃないのか」

「くだらない。誰が最初に手を着けた、とか、誰が主導権を握るとか……。警察全体で対処すればいい」

「前園部長は、そういうところにこだわるのさ。なんせ、鹿児島出身だからな」

「またそれか……」

「薩摩も長州も頭が固いんだ」

「そんなのは思い込みだろう。前園部長の性格の問題じゃないのか」

「性格は、環境によって作られる部分が大きい。権威主義で石頭。強情で人の言うことを聞かない。薩摩人の特徴だ」

　そんなことは、竜崎にとってはどうでもよかった。

「生安部がサイバー攻撃対策で動くのなら、俺は別に何も言うことはない。システム障害が立て続けに起きたのは偶然の可能性もある。ただ俺は、何が起きたか知りたいだけだ」

「俺から言えることは、生安部はまだ何もつかんでいないということだ。調べるにしても、これからだ」

「わかった。事情を聞けたら、すぐに署員を引き上げさせる」

「そうだな。前園部長に逆らっても、いいことはない」

「別に逆らうつもりはないさ」

「向こうはどう思っているかな……」

「どう思おうとかまわない。じゃあ、切るぞ」

「あ、ちょっと待て」

「何だ？　まだ何かあるのか？」

伊丹は声をひそめた。

「おまえの異動の噂が出ているらしい」

「今までにも何度かそんなことがあった」

「今度は、けっこう信憑性が高い」

「前にストーカー殺人に見せかけた殺人事件で、俺が方面本部の警備指揮権を無視したりしたからだろうか」

「そういうことじゃないだろう。おまえは、もともと懲罰人事で所轄の署長になったわけだ。そろそろ禊（みそぎ）が終わったということじゃないのか」

「署長が禊だなんて思っていない」

「俺と同じく警察本部の部長くらいになるんじゃないのか？　あるいは、警察庁に戻る、とか……」

「通常なら辞令の三週間ほど前に、本人に打診があり、二週間前には内示があるはずだ」

「じきにそういうことがあるかもしれない」

「話半分で聞いておくよ」

「心の準備をしておけ。じゃあな」

　電話が切れた。

　竜崎は、携帯電話を片手にしばらくぼうっとしていた。珍しいことだ。

　キャリアに異動はつきものだ。二、三年に一度異動があると言ってもいい。だから竜崎は覚悟ができていた。そのつもりだった。

今伊丹の話を聞いて、自分が予想以上に動揺していることに、竜崎は驚いていた。

3

竜崎は、なぜ自分がうろたえているのか、理由がわからなかった。

判を押す手を止めて、ぼんやりと宙を見つめていた。どこか地方に異動となれば、妻に引っ越しの準備をさせなければならない。

それを申し訳ないと思う。

竜崎本人は、全国どこへでも行く覚悟はできている。いや国内だけでなく、警察キャリアは海外の日本大使館に駐在することがある。それも覚悟していた。

だが、そのために家族には迷惑をかけることになる。妻は竜崎同様にそれなりの覚悟ができているはずだ。

とはいえ、子供たちにそれを強いるのは理不尽だと思っていた。

動揺している理由はそれなのだろうか。

竜崎は自問してみた。

たしかに、それは心に引っかかってはいるのだが、他にもっと大きな理由がありそうだった。

それが何なのか、自分でもわからない。

そんなばかなことがあるだろうか。

竜崎は思った。

理由もなくうろたえるなど、子供と同じではないか。問題があるのなら、原因を突きとめてそれに対処しなければならない。

解決できない問題はない。

自分に無理なら、解決できる誰かを探せばいい。

だが今の竜崎には、その問題自体がわからないのだ。

釈然としないまま判押しを続けていると、昼前に斎藤警務課長が飛び込んできた。

「弓削方面本部長です」

竜崎は溜め息をついた。

「お通ししろ」

その言葉が終わらないうちに、第二方面本部の弓削本部長が署長室に入ってきた。

竜崎は、通常どおり判押しをしながら弓削を迎えた。相手が誰でも竜崎はそうする。そうしないと、判押しが今日中に終わらないのだ。

弓削は野間崎管理官を従えていた。時間から考えて、方面本部に戻ってすぐにまたやってきたことになる。

野間崎は弓削の背後から、申し訳なさそうに竜崎を見ている。

自分では説得できないので、弓削方面本部長を連れて来たのかとも思ったが、どうやらそうではないらしい。

先ほど野間崎が言ったことは本音のようだ。つまり、野間崎は竜崎の言葉を理解しているが、弓削が納得していないということだ。野間崎は仕方なく同行した様子だ。

弓削方面本部長は、判押しを続ける竜崎の姿を見て顔をしかめた。

方面本部長がやってきたら、警察署の者はたいてい起立して迎える。弓削もそうしてほしいのだろう。

だが、竜崎にそのつもりはない。時間の無駄だと思っている。

警察は規律を重んじる。竜崎も規律は大切だと思っている。だが同時に、無駄は省くべきだと考えている。

だいたい、方面本部長が警察署にやってくること自体が無駄なのだ。竜崎は、その思いをそのまま弓削に伝えることにした。

「ここに来る余裕があるなら、他にもっと有効にお時間を使えるのではないですか？」

「竜崎署長からぜひとも直接説明を聞きたいと思いましてね」

「何の説明ですか？」

「どうしても私の指示に従っていただけないそうですね。その理由をうかがいたい」

「鉄道会社や銀行に行っている捜査員をすぐに引き上げさせろ。そういう指示ですね」

「そうです」

「同じようなことを、前園生安部長からも言われました」

弓削方面本部長は驚いた顔になった。

「生安部長から……」

「先ほど電話がありました。ちょうど野間崎管理官がいらしているときです」

弓削が野間崎を見た。野間崎がうなずいた。

「たしかに、生安部長からの電話を受けられたようでした」

弓削方面本部長が、訝(いぶか)るような表情で竜崎に言った。

「生安部長からも、捜査員を引き上げさせるように指示があったということですね？」

「はい」

「それでも署長は、捜査員を呼び戻さないのだと……」

竜崎はまだ判押しを続けている。こんなやり取りは時間の無駄だとわからせたいのだ。

「呼び戻さないとは言っていません。事情がわかり、対処の必要がないとわかればすぐに引き上げさせます」

「管轄外(かんかつがい)の仕事だと言ってるんです。高輪署や丸の内署の立場がないじゃないですか。特に丸の内署はキャリアも多くてプライドが高いですからね……」

丸の内署は、皇居や霞が関(かすみがせき)が管轄に含まれるため、キャリアの研修に使われることが多い。

「別に丸の内署のことを気にする必要はありません。同じ警察署です」

「よその縄張りで勝手なことをしてはいけないと言ってるんです」

「暴力団じゃあるまいし、縄張りにこだわることはありません。もし、高輪署や丸の内署がすみやかに行動を開始したのなら、うちは何もしません。いたずらに仕事を増やそうとは思いませんからね。ただ、現時点では両署が動いているという話は聞いていません。ですから、捜査員を引き上げさせるつもりはないのです」

「生安部長にもそうおっしゃったのですか？」

「言いました」

弓削方面本部長が目を瞬いた。

「やはりあなたは、私の手に負える方ではなさそうだ……」

「手に負えるとか負えないとかの問題ではないでしょう。やるべきことは他にあるはずです」

「やるべきことというのは何でしょう」

「方面本部の役割は、所轄署間の連携と広域対応でしょう。だったら、大森署の捜査員を排除しようとするのではなく、高輪署や丸の内署との連携をお考えになってはいかがです？　さらに言えば、生安部サイバー犯罪対策課との連携も考えていただきたい」

「しかし、生安部長からは、引き上げろと言われているのでしょう？」

「ですから、そこの調整を方面本部にお願いしたいと申し上げているのです」

「調整を……」

「方面本部にしかできないことです。そうでしょう」

弓削本部長は鼻白んだ表情になった。

「まあ、考えてみましょう」

「ぜひそうしてください」

竜崎が言うと、弓削方面本部長は野間崎管理官を見た。野間崎は眼を伏せたまま何も言わない。

弓削はすっかり勢いをなくして言った。

「では、今後の対応について考えてみます」

「お願いします」

弓削と野間崎の二人が出て行くと、入れ替わりで貝沼副署長と斎藤警務課長が入室してきた。

斎藤は心配そうな顔をしており、貝沼は取り澄ましている。

貝沼がその表情のまま言った。

「うまく追い返しましたね」

斎藤が言う。

「でも、だいじょうぶでしょうか……」

竜崎は聞き返した。

「だいじょうぶ？　何がだ？」

「弓削方面本部長は、けっこう執念深そうですから」

「俺は間違ったことは言っていない」

貝沼がかすかにほほえんだ。

「そうですね。我々もそう思います」

「ならば何の心配もいらない」

「おっしゃるとおりです。では、失礼します」

二人が出て行く姿を見て、いったい彼らは何をしに来たのだろうと、竜崎は思った。

だが同時に、彼らがすぐに来てくれたことで安堵(あんど)したことも事実だ。

いつの間にか、彼らがいろいろと気づかってくれることを期待していたのかもしれない。そして、彼らは竜崎の言葉で安心した様子を見せた。

彼らは竜崎の意思を確認したいのだろう。そうすることで彼らも落ち着くのだ。

大森署内で、いつしかそういう関係が出来上がっている。

そのとき、不意に気づいた。人事異動の話を聞いて、自分がうろたえた理由についてだ。

俺は、大森署を去りたくないんだ。

どこにでも行く覚悟があるということは、今いる部署を去る覚悟ができているということでもある。

もし大森署を去ることに抵抗があるのだとしたら、異動そのものを嫌がっているということになる。

それでは覚悟ができているとは言えない。

竜崎にとって最も大切なのは、公務員としての役割だ。公務員は国のために働くのだ。日本は民主国家なので、国のためというのは国民のためと同意義だと竜崎は考えている。

たてまえで言っているのではない。いや、たてまえこそが重要だ。なぜならそれは原理原則だからだ。

原理原則はすべての物事の中心軸だ。人体で言えば背骨で、最も大切なものだ。それを無視したら、物事がまったく見えなくなる。

問題に直面して右往左往している人は、原理原則を忘れているのだ。逆にそれをしっかりと押さえている人は、どんな問題にも対処できる。

竜崎は、公務員としての仕事が何より大切で、家庭よりも優先順位が上だと考えている。ましてや、職場での人間関係など優先順位がはるか下のはずだった。

それは竜崎にとっての原理原則だった。

だが、もし今、大森署における人間関係を大切にしたいがために、異動と聞いて動揺しているとしたら、その原理原則に背いていることになる。

そう思うと、竜崎はさらにうろたえた。拠って立つものがなくなるような不安を感じたのだ。

判押しをしながら、そのことを考えつづけていた。

もうじき昼になろうという頃に、斎藤警務課長が署長室にやってきた。

「生安課長が報告に来たいと言っています。私鉄本社に行っていた捜査員から知らせがあったようです」

「なぜすぐに報告に来ない？」

「署長のご都合を、私に尋ねてきました」

「鉄道会社に捜査員を送るように言ったのは俺だ。だからすぐに報告に来ればいいんだ」

「わかりました」

斎藤が退出すると、その三分後に笹岡生安課長がやってきた。

竜崎は言った。

「報告するのに余計な気を使うことはない。迅速が一番なんだ」

「はい」

「それで、どういう報告なんだ？」

「鉄道会社のシステムは先ほど復旧しました。システムダウンの原因については、やはり何者かが外部から侵入した可能性もあるということです」

「システム障害があったのだから、あらゆる可能性が考えられるだろう。今さら何を言ってるんだ」

「つまり、外部から侵入したことを疑うに足る痕跡が見つかったということだと思います」

「どういう痕跡なんだ？」

「それは……」

笹岡課長はうろたえた。「コンピュータのことはあまり詳しくないので、よくわからないのですが……」

「たしかに私も専門的な説明を聞いたところですべて理解できるわけではないだろう。だが、説明を受けることは重要だ。現場に行っている者には専門知識があるんだな？」

「はい。コンピュータに詳しい者に行かせました」

「ならば、その捜査員から直接私に報告させればいい」

「署長にですか……」

「何か不都合があるか？」

「いえ……。署員が緊張するだろうと思いまして……」

「緊張しようが、倒れようがどうでもいい。直接報告させろ」

「わかりました」

笹岡生安課長が礼をして退出した。

それからすぐに、固定電話が鳴った。

「はい、竜崎」

警務課係員の声が聞こえる。

「生安課の捜査員からです」

「つないでくれ」

「生安課生安捜査係の田鶴喜久夫巡査部長です」

「鉄道会社に詰めているんだな？」

「はい。先方のシステム担当者から直接話を聞いております」

「君はコンピュータに詳しいそうだな？」

「サイバー犯罪対策班におります」

つまり、日々ハッキング等の行為やその対策について訓練を続けているということだ。

「笹岡生安課長に何か報告したということだな」

「はい。鉄道会社のシステム担当者からの最新の情報です」

「システムに侵入された疑いがあるということだが……」

「それらしい痕跡があるということですが、現時点では侵入されたと言明できないということです」

「痕跡があれば侵入の跡かどうかすぐにわかるのではないのか？」

「よくシステムの弱点とか、ファイアーウォールの穴とか言いますが、実際に穴があるわけではありません。すべてはプログラム上のできごとです。脆弱(ぜいじゃく)な部分に穴を空けたというのはもちろん比喩(ひゆ)で、たいていはコードやプログラムそのものを書き換えることを言うんです。……で、その書き換えですが、通常の手順でも書き換わることがありますし、ハッキングなど意図的な書き換えかどうかは、判別が難しい場合があります」

田鶴の説明はわかりやすかった。

「侵入の疑いがあるのなら、それに対処しなければならない。警察は捜査を開始すべきだと思うか?」

「自分に判断しろということですか? いやあ、それは難しいですね。もっと上の人に判断してもらわないと……」

「もちろん最終的な判断を下すのは俺だ。意見を聞きたいんだ」

「サイバー攻撃と断定されたら、もちろん捜査すべきでしょうね」

「現時点での、君の判断を聞きたい」

「そうですね……。もし、侵入されたのだとしたら、ちょっとばかり不思議なことです。ミステリーですね」

「どういうことだ?」

「鉄道のシステムといってもいろいろあります。つまり、事務作業のシステム、旅客サービスのシステム、運輸システム、そして制御系のシステムです。事務作業、旅客サービス、そして運輸のシステムは、どうしてもインターネットにつなぐ必要がありますす。インターネットによってリアルタイムに情報をやり取りしないと意味がないからです。しかし、制御系システムだけは別です。列車の運行を司(つかさど)るシステムで、これはクローズドのシステムなんです」

「どういうことだ？」

「制御系システムは通常、外部とはつながっていないので、基本的には侵入などされないのです。しかし、今回侵入されたのではないかと言われているのはその制御系システムなんです」

「つまり、不可能なことが起きたということか？」

「うーん……。不可能とまでは言えないでしょうね。昔は制御系システムは完全にクローズドでした。しかし現在では、どこかでインターネットにつながっていたりします。また、ＵＳＢメモリ等で情報が出し入れできる場合もあり、これも外部と接続していると考えることができます」

「では、何がミステリーなんだ？」

「完全にクローズドではないとはいえ、制御系に侵入するのはけっこうたいへんなのです。事務作業や旅客サービスのシステムに侵入するほうがずっと簡単だし、それでも犯人の目的は果たせるはずです。つまり、本社の機能がストップすれば、列車の運行に支障が出ることになるはずです」

竜崎は考えた。

「本社の事務作業や旅客サービスのシステムがダウンしたからといって、私鉄の列車がストップするだろうか」

「何らかの影響はあるでしょうね」

システムに詳しい者が言うのだから確かなのだろうと、竜崎は考えた。

「つまり、一番難しいハッキングを試みたことがミステリーだというのか？」

「ええ」

「それは、謎でもなんでもない。ハッカーの心理を考えればわかることだ」

「ハッカーの心理ですか」

「困難に挑戦したいんだ。そうじゃないか？」

「ハッカーを特別の犯罪者と考えてはいけません。犯罪者はずる賢いものです。より簡単でより効果的な方法があればそれに飛びつきます」

「なるほど……」

「しかし、署長がおっしゃることも、ある条件を満たせば正解だと思います」

「ある条件を満たせば……」

「愉快犯の場合です」

「ハッカーは多かれ少なかれ愉快犯だと思っていたがな……」

「時代が変わりました。今は腕試しをしたがる愉快犯はむしろ少数派です」

「そちらはあとどれくらいで目処がつくんだ？」

「システムはすでに復旧しています」

「それはわかっている。侵入されたかどうか、明らかになるのはいつのことだ？」

「それはちょっとわかりませんね。自分が直接解析しているわけではありませんので……」

月「銀行のシステムがダウンしたことは知っているか？」

「はい。聞いております」

「そちらとの関係は？」

「これから調べるところです」

棲「急いでくれ」

「了解しました」

竜崎は電話を切った。

笹岡生安課長は、直接竜崎に報告することになれば捜査員が緊張すると言っていた。田鶴と話す限り、そんな印象はなかった。

田鶴には余裕があったし、こちらより優位に立っているのではないかという瞬間さえあった。

おそらくコンピュータシステムについて、こちらが素人だからだろうと、竜崎は思った。専門的な知識を持っている者には勝てない。

田鶴の報告を受けたものの、結局はっきりしたことは何もわからなかった。

待つしかない。竜崎は思った。

4

午後一時頃、銀行の本店に行っている捜査員からも情報があった。

こちらも鉄道会社同様に、侵入を疑える痕跡(こんせき)があったが、まだ断定はできないということだ。

捜査員を引き上げさせて、鉄道会社や銀行のシステム担当者からの連絡を待つ、という方法もある。

そのほうが、前園生安部長や弓削方面本部長の意に沿うことになるので、穏便な方策と言えるだろう。

だが、そうはしたくないと竜崎は考えていた。

意地もあるが、まだ他の警察署や本部の部署が二件のシステムダウンについて動き出したという知らせがないからだ。

事案の端緒に触れた者が、正式に次の担当に引き継ぐまで捜査を続けるのが原則だ。竜崎は、はっきりしたことがわかるまで、捜査員を詰めさせることにした。

午後一時半に、斎藤警務課長がやってきて言った。

「サイバー犯罪対策課から署長あてに電話が入っておりますが、どうしましょう？」

「つないでくれ」

「承知しました」

竜崎は受話器を取った。

「竜崎です」

「サイバー犯罪対策課の風間（かざま）と申します」

「官姓名をお願いします」

「課長の風間雄次（ゆうじ）警視です」

「ご用件は？」

「現在、システムダウンがあった鉄道会社と銀行の本店に、そちらの署員がいらっしやいますね」

またか……。

竜崎はうんざりした気分になった。

「その件は、生安部長にお話ししてあります」

「ええ、そのようですね」

「つまり、前園生安部長からの指示で私に電話したということですか？」

「そういうことになります」

「まだ詳しい状況が把握できていないので、捜査員を引き上げさせるつもりはありませんよ」

「承知しております」

承知している……。どういうことだろう。

竜崎は疑問に思った。

「私を説得する自信があるということですか？」

「署員に引き上げていただく、という話ではありません。ご協力いただきたいのです」

「協力……？　どういうことかわからないのですが……」

「我々は特別な部署なので、常に人材が不足しているような状況です。ですから、コンピュータシステムの知識がある捜査員がおられるのなら、ぜひお手をお借りしたいと思いまして……」

「いっしょに捜査をするということですか？」

「警視庁本部の捜査員と、所轄の捜査員が協同で仕事をするのは珍しいことではありません」

「たしかにそのとおりですが……」

相手が何を考えているか、慎重に判断する必要があると、竜崎は思った。

生安部長の指示だと言っていた。だとしたら、何か裏があるのではないだろうか。

風間課長の声が聞こえてきた。

「今わかっていることを教えていただきたいと思いまして……」

「協同で捜査をするということですが、そちらの捜査員は現場に行っているのですか？」

「いいえ。先ほども申しましたように、なにせ人材不足でして……」

なるほど……。

現場から大森署員が引き上げないと見るや、今度はそれを利用することを考えたというわけか……。

そのやり口には少々腹が立つが、情報を提供すること自体には何の問題もない。本部の専門部署なら、所轄にできない分析も可能だろう。

「わかりました。現場に行っている署員に連絡させましょう」

「助かります」

「銀行のシステムは回復したのでしょうか？」

「まだのようです。現在、当該銀行は手作業で業務を続けているそうです」

手作業か。

コンピュータシステムとは比べものにならないほど効率は落ちるだろうが、やれないことはないのだ。

考えてみれば、四、五十年ほど前までは、手書きの通帳もあった。よく覚えていないが、竜崎が初めて持った通帳は銀行員の手書きだったかもしれない。

「署員は、サイバー攻撃の疑いもあると申しておりました。今後はどういった対処をなさるのでしょう」

「現時点では何とも申し上げられませんね。まずは情報収集です」

常套句（じょうとうく）だ。だが、実際にそうなのだろうと思った。

「そうですか」

「では、連絡をお待ちしております」

電話が切れた。

受話器を置いた竜崎は、すぐにまた受話器を上げて、内線で笹岡生安課長にかけた。

「竜崎だ」

「は、すぐにうかがいます」

「その必要はない。鉄道会社と銀行に行っている捜査員に伝えてくれ。すぐに、本部サイバー犯罪対策課の風間課長と連絡を取るように、と……」

「サイバー犯罪対策課……。署長のところに何か言ってきたということですか？」

「今しがた電話があった」

「連絡なら生安課に寄こすべきでしょう」

笹岡は憤慨している口調だった。

「生安部長に楯を突いたからな。俺にプレッシャーをかけたかったんだろう」

「署長にプレッシャーですか。怖いもの知らずですね」

「どういう意味だ？」

「いえ……。係員にはすぐにその旨を伝えます」

「犯罪性が明らかになったら、すぐに俺のところにも知らせるように伝えてくれ」

「了解しました」

竜崎は電話を切った。

笹岡が言った「怖いもの知らず」という言葉が気になっていた。

つまり、竜崎が「怖いもの」だということだ。そんな自覚はまったくなかった。署員はみんな、竜崎を怖がっている、ということだろうか。

だとしたらいったい、自分の何が恐ろしいというのだろう。竜崎にはさっぱりわからなかった。

その日は、システム障害の現場に出かけている捜査員から、特に報告はなかった。報告がないということは、問題がないということだ。

午後六時過ぎに帰宅することにした。何かあれば、携帯電話に連絡があるだろう。

自宅に着くと、妻の冴子が言った。

「あら、早いんですね」

「ああ。たまにはな……」

「食事は七時頃になるわよ」

「それでいい」

竜崎は着替えてリビングルームにやってきた。いつものソファに座り、テレビで夕方のニュースを見る。

銀行のシステム障害は全国ニュースで、午後二時頃に復旧するまでに、約四万件の取引が遅延したと報じられていた。また、私鉄のほうは東京ローカルのニュースだった。

両者を関連づけて報じてはいない。各新聞の夕刊でも同様だ。

警察が関連づけて発表していないのだから当然かもしれない。だが、どこか一紙くらい記者が何かに気づいて特別な取材をしていてもいいのではないかと思った。

日本のマスメディアはスキャンダルにばかり躍起になっていて、ジャーナリスティックな話題はあまり取り上げないような気がする。

権力者にとっては都合がいいだろう。

警察は権力者側だということになっている。竜崎もそう思っている。だが、竜崎が考える権力は政府や与党のことではない。主権者はあくまでも国民なのだ。それはたてまえに過ぎないと、主権者である国民すら思っているようだ。

竜崎はそうは思わない。

だから、マスメディアが不甲斐(ふがい)ないことを、竜崎はたいへん残念に思っていた。

新聞に眼を通し終えると、なんだか落ち着かない気分になり、竜崎は立ち上がって台所に行った。

冴子が気づいて言った。

「あら、もう少しよ」

「美紀と邦彦は？」

「美紀は仕事でしょう。邦彦はコンパとか言ってたわね」

「今どきでもコンパなんて言い方をするんだな」

「そうみたいね」

冴子は、突っ立ったままの竜崎を妙に思ったらしく、手を止めて言った。「何かあったの？」

竜崎は言った。

「異動になるかもしれない」

「あら、そう」

冴子は夕食の仕度を再開した。

肩すかしを食らったような気分で竜崎は言った。

「あら、そうって……。それだけか？」

「ここは署長官舎だから、引っ越さなきゃならないということよね」

「そういうことになる。異動先はまだわからない。地方の警察本部かもしれない」

「内示は出たの？」

「まだだ」

「でも、確実なのね？」

「たぶんそういうことだ。伊丹がそう言っていた」

「警察官僚なんだから、異動は付きもの。そうでしょう？　別に今さら慌てることはないわ」

「俺もそう思っていたんだが……」

「何かあった？」

冴子は手を動かしながら話をしている。

なるほど、自分が判押しをしながら応対しているとき、相手はこういう気分なのだな。そんなことを思いながら、竜崎は言った。

「異動となれば、いつでもどこへでも行く。それで何の問題もないと思っていた。だが、どうやら今回は少々うろたえているらしい」

「うろたえているって……、誰が？」

「俺だ」

「あら……」

それでも冴子は手を止めない。「珍しいこともあるものね。どうしてうろたえているのかしら」

「自分でも理由はわからないのだが、俺は大森署を去ることに抵抗があるようなんだ」

冴子は笑った。

「何がおかしいんだ?」

「それが普通なのよ」

「普通? 普通ってどういうことだ?」

味噌汁のガスを止め、冴子はようやく竜崎のほうを見た。

「職場の人間関係よ。ある程度いっしょにいれば、離れたくなくなるのが人情ってもんでしょう」

「人や組織との癒着がないように、警察幹部は二年ほどを目処に異動するんだ」

「そういうこととは別でしょう」

「別とは思えない。人間関係が業務の支障になることもある。俺たち官僚が何より優先しなければならないのは、合理的な判断だ。人間関係が原因でそれが鈍るようなことがあってはならない」

「でも、うろたえているんでしょう」

竜崎は反論しかけてやめた。

「うろたえている」

「人間関係が合理的な判断を鈍らせることがあると、あなたは言った。でもね、人間関係が仕事の役に立つこともある。あなたは、大森署でそれを学んだんじゃない？」

「大森署で学んだ？　降格人事の署長だぞ」

「何事も潮時というものがあるの。若い頃に署長をやっても手一杯で何もわからなかったんじゃない？　降格人事か何か知らないけど、この時期にあなたが大森署長になったのは天の配剤かもしれない。そして、今だからこそ大森署で経験できたことがあったはずよ」

竜崎は冴子が言ったことについて考えていた。

「食事にしましょう。そこ、邪魔よ」

竜崎は、台所の出入り口をふさいでいた。

「ああ……」

竜崎は場所をあけた。「地方に異動となると、美紀や邦彦はどうすればいいだろう」

冴子が食器を並べながらこたえる。

「美紀は会社があるから、東京を離れられないわね。邦彦も大学がある。二人いっしょに暮らしてくれると、お金の面では助かるけど、二人がそれを承諾するかしらね」

冴子は現実的だ。

竜崎は自分がリアリストだと思っていた。そして、これまで何度か引っ越しがあったが、別にそれについて特別な感慨などなかった。

警察庁長官官房を去って大森署に来るときもそうだった。

だが、今回はなぜかいろいろと考えてしまう。年を取ったのだろうか……。

そんな竜崎に比べて、冴子はまったくさばさばしている。

「子供たちと離れて暮らすことになるかもしれない」

「あら、今だって似たようなものでしょう。今夜だって二人で夕食だし、あなたが遅いときは私一人で食事をするのよ」

「そうか……」

いつしか夕食の用意がととのっていた。

冴子が改まった口調で尋ねた。

「まだ内示が出たわけじゃないんでしょう?」

「まだだ」

「あれこれ考えるのは、内示が出てからでも遅くはないでしょう」

まったくそのとおりだと、竜崎は思った。

「もしかしたら俺は、大森署に来てからだめになったのかもしれない」

竜崎が言うと、冴子は即座にこたえた。

「逆よ」

「逆……？」

「大森署があなたを人間として成長させたの」

美紀は十時頃、邦彦は十一時半頃に帰宅した。二人ともすぐに部屋に籠（こ）もってしまった。

竜崎は早めに寝ることにした。風呂（ふろ）も済ませ、十二時には蒲団（ふとん）に入った。

おかげで翌朝五時に電話で起こされても、それほど苦にならなかった。

竜崎は携帯電話の振動で目が覚めたのだ。関本良治（せきもとりょうじ）刑事組対（そたい）課長からだ。

「竜崎だ」

「遺体が発見されました。場所は、平和の森公園内の池の畔（ほとり）です」

「遺体……？　他殺体か？」

「はい。検視官が臨場（りんじょう）して、他殺と断定しました。じきに捜査一課がやってきます」

「わかった。俺もすぐに行く」

「いえ……。お知らせしておこうと思っただけです」

「臨場する」

竜崎は相手の返事を聞かずに電話を切るとすぐに身支度を始めた。

冴子が眼を覚まして起き上がった。

「いいから、寝ていなさい」

「そうはいきませんよ」

新しいワイシャツを出してくれる。

電話を切った十分後には、玄関に向かっていた。

「じゃあ、行ってくる」

「捜査本部が出来たら帰れなくなるかもしれないわね」

「いずれにしろ電話する」

玄関を出た。

すでにマンションの前で公用車が待っていた。関本課長から連絡が行ったのだろう。

竜崎は乗り込むと運転手役の係員に尋ねた。

「現場は聞いているか？」

「はい。平和の森公園ですね」

すぐに発車した。

署長としての臨場を、あと何度経験するだろう。
竜崎はそう思いながら、車窓に眼をやった。空が明るくなりはじめていた。

5

平和の森公園は、大森本町と平和島の間の運河を埋め立てて作った細長い公園だ。フィールドアスレチックなどもあり、子供連れで訪れるにもいい。

遺体は、そのフィールドアスレチック施設の池の畔にあった。

鑑識が作業をしており、それを捜査員たちが見つめている。鑑識がいいと言うまで現場に立ち入ることができないのだ。

竜崎が規制線に近づくと、すでに駆けつけていた記者たちの中の一人が声をかけてきた。

「竜崎署長、殺人ですか?」

その声が合図となり、竜崎はマスコミに取り囲まれた。

「今来たばかりだ」

竜崎は言った。「まだ何もわからない。ノーコメントだ」

その騒ぎで竜崎の到着を知ったらしい関本刑事課長が近づいてきた。そして、黄色いテープの規制線を持ち上げる。

それをぐって、竜崎は尋ねた。

「どんな様子だ？」

「もうじき鑑識作業が終了します」

「他殺か？」

「刑事調査官がそう判断されましたが……」

「今は検視官という言い方で統一されたはずだ」

「はい、そうでした……」

竜崎は、鑑識作業を見つめている捜査員の中に、戸高と根岸がいるのを見て近づいた。

戸高善信は刑事課の強行犯係に所属しているが、根岸紅美は生安課の少年係だ。

竜崎はこの二人に、ストーカー対策チームの兼務を命じた。

根岸は竜崎に気づいて頭を下げる敬礼をした。だが、戸高は一瞥して軽く会釈しただけだった。

竜崎は二人に尋ねた。

「まさか、この件がストーカー絡みということはないだろうな」

「は……？」

根岸がきょとんとした顔で竜崎を見る。

「二人はまだ、ストーカー対策チームで組んでいるんだろう?」

「ああ……」

根岸が納得した様子で言った。「そういうことですか……。いえ、今回はストーカーは関係ないと思います。被害者が少年らしいということで、駆けつけました」

「少年……?」

戸高がぼそりと言った。

「リンチ殺人のように見えますね」

彼が不機嫌そうに見えるのはいつものことだが、今日は特に虫の居所が悪そうだ。

「何が気に入らないんだ?」

「強行犯ってのはたいてい救いようのない事件が多いですが、ガキのリンチってのは最悪ですね」

「言いたいことは理解できるような気がする」

そのとき、鑑識作業が終わったという知らせを受けた。捜査員たちが一斉に現場を調べはじめる。

戸高と根岸もそれに加わった。

竜崎はその姿を見るともなく見ていた。戸高の動きに無駄がないことに気づいて、少しばかり意外に思った。

戸高の勤務態度はほめられたものではない。ぶっきらぼうだし、礼儀もなっていない。だが、刑事としては優秀で同僚の人望もなかなか篤(あつ)いようなのだ。

「署長、検視官です」

関本課長が言った。

すでに他殺と判断したということだった。鑑識がやってきたので、いったんどこかで待機していたのだろう。車の中で捜査一課長か誰かと連絡を取っていたのかもしれない。

かがみ込んでいた捜査員たちが立ち上がり、気をつけをする。

検視官はベテランの捜査員で、法医学の研修を受けた警部または警視の者が任命される。警視庁の検視官はたいてい警視だ。だからここにいるたいていの捜査員よりも階級は上だ。

半白(はんぱく)の検視官は、竜崎の前まで来て立ち止まった。

「竜崎署長ですね」

「そうです」

「検視官の山辺と申します。遺体を見分して他殺と判断いたしました」

「現場で検視官にこのように丁寧に挨拶をしていただいたのは初めてですね」

「竜崎署長は特別ですよ。階級は私のはるか上ですし、そろそろ禊を終えられるという噂もあります」

禊を終える、か……。

竜崎は思った。それは、降格人事による警察署勤めを終えるという意味だろう。つまり、刑期を終えた罪人と同じというわけだ。

この先は、普通の警察官僚として異動があるわけだ。大森署に来る前は警察庁長官官房の総務課長だった。だから、今度異動するとなると、それと同等かそれ以上ということになるのだろう。

今より格段に出世することになる。

竜崎は、公務員にとって出世は必要だと考えていた。出世すればそれだけ権限が増える。やれることの範囲が広がるのだ。

有能な公務員はどんどん出世すべきだ。そして、自分は有能でありたいと竜崎は思っていた。

竜崎は尋ねた。

「他殺で間違いないですね」

山辺検視官がうなずいた。

「はい。追って連絡があると思いますが、捜査本部が必要だと思います」

「根拠をお聞かせ願えますか」

「複数の殴打の跡が見られます。解剖すれば明らかになると思いますが、おそらく溺死です。……というか、溺死させられたのだと思います」

経験ある検視官の言葉を疑いたくはない。だが、解剖の結果や鑑識の報告も待たずに、そこまでの状況がわかるものだろうか。

初動捜査で間違いを犯したくはない。竜崎は確認した。

「見ただけで、そんなことまでおわかりになるのですか？」

「私は刑事畑一筋で、しかも強行犯の経験が長いのです。法医学の勉強もしています。私の見立てに間違いありません」

竜崎はその言葉を信じることにした。

「わかりました。本部からの知らせを待つことにします」

「また、伊丹刑事部長と仕事ができそうですね」

「伊丹部長と……？」

「ええ。捜査本部となれば、部長も臨席されるかもしれません。同期で幼馴染みでいらっしゃいますよね？」

「そうですが、それが何か？」

山辺検視官は気まずそうな顔になって言った。

「いえ……。それでは失礼します」

「ご苦労さまでした」

山辺検視官が現場を去っていった。

彼はわざわざ竜崎に会いに来たようだった。だとしたら、ごくろうなことだが、もちろん悪い気はしない。だが、伊丹についての一言は余計だった。

彼が言ったように、刑事部長の伊丹俊太郎とはたしかに同期だし、たまたま幼馴染みでもある。

だからといって、それが何なのだろうと竜崎は思う。その立場を利用することはある。……というか、竜崎は利用できるものは何でも利用しようと考えているので、伊丹を利用することも特別だとは思っていない。

それも竜崎と伊丹の問題であって、他人がとやかく言うことではないと思う。竜崎と伊丹の関係を知った者はたいていうれしそうな顔をする。その理由が竜崎にはわからなかった。
時計を見ると、午前六時を少し回ったところだ。あたりはすっかり明るくなってい
る。
竜崎は、関本刑事課長に言った。
「私はいったん自宅に戻る」
「了解しました。我々は署に詰めることにします。斎藤警務課長が来たら、捜査本部
のことを知らせますか？」
竜崎は一瞬考えた。まだ捜査本部ができるという正式な知らせはない。だが、本部
を設営する所轄（しょかつ）としては、知らせがあってからでは遅い。あらかじめ準備を始めてお
かなければならない。
「そうだな。講堂を押さえて、いつ捜査本部発足の知らせが来てもいいようにしてお
いてくれ」
「では、我々も講堂に行くことにします」
「そうしてくれ。じゃあ……」
竜崎は、公用車で自宅に戻った。
妻の冴子はまだ寝ているだろうと思ったが、すでに起きてコーヒーをわかしていた。

いつもの朝のセレモニーを開始する。

コーヒーを飲みながら、新聞各紙に眼を通す。それから朝食だ。早朝に呼び出されるというイレギュラーな出来事があったとしても、こうしてセレモニーをやり直すことでずいぶんと気分が落ち着く。

冴子が声をかけてきた。

「殺人事件ですか？」

「まだわからない」

そこまで言って、補足説明が必要だと思い直した。「検視官は他殺と判断し、おそらく捜査本部ができるだろうと言っているが、どういう経緯で被害者が亡くなったのかは、まだよくわかっていない」

「私はマスコミじゃないのよ」

「別にごまかしているわけじゃない。本当に今はそれしかわからないんだ。それに、警察官は身内にも捜査情報を洩らすわけにいかないんだ。それくらいのことはわかっているだろう」

「たぶん、捜査本部ができるのね」

「だから、それは検視官の見解だ」

「どうしてそんなことがわかる」

「こっちは長年、警察官の妻をやっているの。だから、どういうときに、どういう準備が必要か、常に考えているわけ」

「俺にもわからないことが、おまえにわかるということか」

「そうよ」

妻は平然と言った。「さあ、そろそろ出かける時間でしょう」

いつしか、いつもの出勤時間になっていた。竜崎はソファから立ち上がり、玄関に向かった。

見送りに玄関までやってきた冴子が言った。

「引っ越しの準備も始めるわよ」

竜崎は冴子の顔を見て、すぐに眼をそらしてしまった。何を言っていいかわからない。まだ確実なことは言えないのだ。

「行ってくる」

竜崎はドアを開けようとした。

「待って」

冴子が言った。「これ……」

手提げ鞄を差し出した。中身は見なくてもわかった。下着やワイシャツの替えだ。

捜査本部ができることを見越して、準備してあったということだ。

竜崎はそれを受け取り、うなずいた。そして、玄関を出た。


署長室に行くと、いつものように斎藤警務課長が部下とともに、大量のファイルをかかえてやってくる。

それを来客用のテーブルに並べると、彼は言った。

「すでに刑事課長と強行犯係が講堂で情報の共有をしているようです」

「みんな早朝に現着して、そのまま講堂に詰めていたようだ」

「署長も現着なさったとか……」

「ああ。それから一度自宅に戻った」

斎藤課長は、机の脇に置いた手提げ鞄をちらりと見て言った。

「捜査本部の準備はすぐに始められます」

「わかった」

斎藤課長が退出して、判押しを始めようとしていると、机上の電話が鳴った。

「はい、竜崎」

「伊丹だ。管内で殺しだって？」

「今聞いたのか？」

「そんなはずないだろう。早朝にすでに耳に入っている。検視官は他殺と判断したそうだな」

「被害者は少年らしい。リンチ殺人かもしれないと、うちの捜査員が言っていた」

「またか、という感じだな。非行少年はいくら取り締まっても減らない」

「まだリンチ殺人と決まったわけじゃない」

「いずれにしろ、捜査本部を設置する。捜査本部長は俺、副本部長はおまえだ。頼むぞ」

「おまえは捜査本部ができるときいつも、所轄の署長にこうやって電話をするのか？」

「いや、通常は参事官に申しつけるだけだ。おまえは署長といっても特別だよ。同期だからな。日本広しといえども、警視長の署長ってのはおまえくらいだろう」

「いろいろと貴重な体験をさせてもらっているよ。女房は、大森署が俺を人間として成長させたと言っていた」

「だとしたら、署長勤めも無駄ではなかったということだな」

「そうかもしれない」

そう言いながら、竜崎はまた自分の大森署に対する思いに戸惑っていた。

「懲戒で降格人事を食らったりしたら、たいていのやつは警察を辞める。その処分を甘んじて受けるのもおまえくらいかもしれない」

「どんな立場でどんな場所に行っても、公務員として俺がやることは変わらない」

「その署長勤めも、もうじき終わるな」

「まだ内示もないんだ。何とも言えない」

「そうだな……。それで、システムダウンのほうはどうなった？」

「方面本部長の弓削が、文句を言いに来た。捜査員をすぐに引き上げさせろと言うから、生安部長にも同じことを言われたと言ったら驚いていた」

「それで？」

「追い返した」

「追い返されておとなしくしているやつじゃないと思うがな……」

「その後、本部のサイバー犯罪対策課の課長から電話があった。たしか、風間と言ったか……」

「何だと言っていた？」

「鉄道会社と銀行に行っているうちの署員から情報がほしいんだそうだ。なんでも、サイバー犯罪対策課は人手不足で、捜査員を派遣できないと」

「人手不足で捜査員を派遣できない？　そんなばかな話があるか。それじゃ警視庁は役に立たない」

「そうだろうな。おそらく、こちらが言うことを聞かないので、利用することにしたんだろう」

「前園部長が考えそうなことだ。それで、どうするつもりだ？」

「うちの捜査員に、サイバー犯罪対策課と連絡を取り合うように言った」

「向こうの言うとおりにするということか？」

「警視庁本部と所轄が協力し合うのは当然のことだろう。別に何の問題もない」

「そもそもサイバー犯罪なのか？」

「まだはっきりしたこたえは聞いていない」

「前園部長の思い通りになるのは、何だか悔しいな」

「別におまえが悔しがることはない」

「そりゃそうだが……」

伊丹は少しだけ間を取ってから言った。「じゃあ、後で会おう」

「捜査本部に臨席するという意味か？」

「言っただろう。俺が捜査本部長だ」

「おまえほど現場に顔を出したがる部長はいないだろうな」

「お互いに変わり者同士だ」

「おまえは変わっているかもしれないが、俺はごくまともだ」

「本気で言ってるのか？」

「もちろんだ」

「誰もそうは思ってないぞ。じゃあな」

電話が切れた。

竜崎は受話器を置くと、すぐに内線で斎藤警務課長にかけた。

「はい、警務課」

「竜崎だ。今、伊丹刑事部長から電話があった。捜査本部設置だ」

「了解しました。すみやかに準備にかかります」

「部長も臨席するということだ」

「わかりました」

「頼んだぞ」

竜崎は電話を切り、次に笹岡生安課長にかけた。

「はい、生安課笹岡」

「竜崎だ」

「あ、署長……」

「鉄道会社と銀行の件はどうなった？」

「サイバー犯罪対策班の田鶴たちが、徹夜で張り付いていたようです。今朝ほど知らせがありました。やはり、どちらも外部からの侵入の痕跡と見て間違いないようです」

「そうか」

「あの……」

「何だ？」

「すぐにご報告にうかがいます」

「電話で済むだろう。いちいち来る必要はない」

「はあ……」

「本部のサイバー犯罪対策課とは連絡を取ったんだな？」

「はい。田鶴が連絡を取ったはずです」

「外部からの侵入の痕跡ありと聞いて、サイバー犯罪対策課はどう動くだろう」

「当然、侵入したのが何者か突きとめようとするでしょうね。しかし、それは簡単ではありません」

「簡単でなくても、やるのが対策課の仕事だろう」

「ネットの世界は実に複雑怪奇です」

「我々にとってそうでも、専門家はそうは言っていられないはずだ」

「ハッカーが何かのシステムに侵入した場合、特定できるのはごくわずかだそうです」

「検挙される例だってあるだろう」

「たいていは、自爆なんだそうです」

「自爆……?」

「そうです。システムに侵入したことを、ネット上の掲示板やSNSに書き込んで、それが担当捜査員の眼に触れるわけです」

「なんでそんなことを……」

「システムに侵入したことなんて、世間の人は気づかないからです。どんなに難しい侵入をやってのけても、システム管理者すら気づかないことがあるらしいです。だから、それをハッカー仲間なんかに知ってもらいたいわけです」

「今どきのハッカーは昔とは違って、実利を求めるんだと、田鶴が言っていたぞ」

「その傾向はあるそうですね。だから、なかなか摘発されなくなったんです」

「本部サイバー犯罪対策課の風間課長と連絡を取り、今後どういう捜査をするつもりか聞き出してくれ」

「私が生安部の課長に電話してそれを尋ねるんですか？」

「そうだ。何の問題もないだろう。向こうが何か言うようだったら、俺の指示だと言えばいい」

「わかりました」

竜崎は電話を切り、判押しを始めた。

捜査本部の準備が整い、そちらに移動するまで、少しでも書類を片づけておきたい。

また捜査本部か。

警察署署長としては、これが最後になるかもしれない。竜崎はふとそう思った。

6

「よお、さっきはどうも……」
出入り口で伊丹の声がして、竜崎は顔を上げた。
「気が早いな。もう来たのか？」
「電話をしてから一時間も経っているんだぞ」
竜崎は時計を見て驚いた。午前九時半を過ぎている。その間、無心で判押しをしていた。

内容をまったく確認せずに判を押す署長もいるらしい。そうしなければ書類が片づかないというのだが、竜崎に言わせればそれは本末転倒もいいところだ。

署長の確認が必要だから書類が回ってくるのだ。判を押すためだけに回ってくるわけではない。

しかし、役所では往々にして、その形式だけ整っていればいいということになりがちだ。実際、署長の判さえあればいいのだ。

読まれない書類を回す必要はない。おそらく、多くの署長は、副署長や課長の判があれば、それで安心するのだろう。それでは決裁の意味がない。

だから竜崎はできるだけ丹念に書類に眼を通す。文章を読む速さには自信がある。それでも、ただ判を押すより時間はかかる。

「そうか。もうそんな時間か……」

伊丹が署長室に入ってきて、来客用のソファにどっかと腰を下ろした。戸口に貝沼副署長と斎藤警務課長の姿が見える。

「捜査本部の準備は？」

伊丹が竜崎に尋ねる。竜崎は戸口に向かって声をかけた。

「斎藤警務課長。刑事部長が、捜査本部の準備はどうかとお尋ねだ」

斎藤警務課長がこたえる。

「すでに机や椅子は配列しております。無線機とパソコン類は設営済みです。電話を引くのにもう少しかかります」

伊丹が竜崎に言った。

「今はみんな携帯電話を持っているから、固定電話の設営を待つ必要はないだろう。捜査本部は講堂だな？　そろそろ移動しよう」

竜崎は言った。

「俺はもう少し書類を片づけたい。おまえ、先に行っていてくれ」

伊丹が顔をしかめる。

「捜査本部長と副本部長は、そろって顔を出すんだよ」

「じゃあ、しばらく待っていてくれ」

「たまげたな。刑事部長に待ってくれなんて言う警察署長はいないぞ」

「ここに一人いる」

貝沼副署長と斎藤警務課長の心配そうな顔が見える。

彼らはもちろん、竜崎と伊丹の関係をよく知っている。それでも、竜崎が伊丹に対してタメロをきき、「おまえ」呼ばわりしていることにはらはらしているのだろう。

伊丹は彼らのほうは見ずに、竜崎だけと話をしている。

「そして、刑事部長が訪ねてきたというのに、起立もせずに判押しを続ける署長もおまえだけだ」

竜崎は判を置いて立ち上がった。

「これでいいか？」

「さあ、立ったついでに、講堂に行こうぜ」

「ほかの捜査幹部は？」

「田端(たばた)捜査一課長と、岩井(いわい)管理官はすでに臨席している。俺といっしょに来たんだ」

竜崎は溜(た)め息(いき)をついた。

「わかった。行こう」

講堂に足を踏み入れると、捜査員たちが全員起立をする。ひな壇の田端守雄(もりお)捜査一課長や、管理官席の岩井豊(ゆたか)管理官も同様だった。

伊丹は悠々とひな壇の前を横切り、やがて中央の席にでんと腰を下ろした。

その左隣が竜崎だ。

二人が着席すると、捜査員たちも腰を下ろした。

伊丹が田端課長に尋ねた。

「どうなってる？」

「検視官からの報告を聞いたところです。被害者には広範囲に殴打の跡が見られたということです。そして、頭髪や顔面が濡(ぬ)れており、鼻や口から蟹(かに)が吹いたような細かな泡が見られたことから、溺死と判断。さらに、状況から見て、何者かに溺死させられたことが思料(しりょう)されるということです。現時点での死亡推定時刻は、昨夜遅くから今朝未明にかけてとのことでした」

竜崎は現場で、検視官から見立てを聞いていたが、それを確認するつもりで田端課長の話を聞いていた。

伊丹がうなずいて言った。

「被害者の身許は？」

「判明しています。大森署生安課に記録がありました。氏名は玉井啓太、年齢は十八歳です」

「警察署に記録があったということは、補導歴などがあるということか？」

「少年係では以前からマークしていたようですね」

「誰か、その被害者について詳しく知っている者はいないのか」

竜崎は、捜査員席の中に根岸紅美の顔を見つけて言った。

「少年係の者がいる」

田端課長がそれを受けて言う。

「大森署の少年係の者、何か知っているか？」

根岸が立ち上がった。

「玉井啓太は、中学生の頃から暴力事件や傷害、強姦などを繰り返していました。窃盗、恐喝で補導されたこともあります。その頃から、チームやギャングと呼ばれる非行グループのメンバーとなり、高校は中退していました」

「札付きというわけか……」

伊丹が言った。「面識は？」

「あります。恐喝の現場を押さえて補導しました」

「ほう。恐喝の現場を……」

「昨年の夏のことです。深夜二時頃でした」

「深夜二時に、現場を押さえたというのか？」

伊丹が驚いたように言ったので、竜崎が説明した。

「彼女は、夜回りを続けていたんだ」

「夜回り……。毎日か？」

伊丹が尋ねると根岸はこたえた。

「可能な限り、毎日行いました」

「そいつはたいへんだな……。所轄の少年係というのはそこまでやるのか」

竜崎は言った。

「彼女の場合は特別だ。あまりに負担が大きいので、地域ボランティアなどを活用するようにと指示した」

伊丹は興味を引かれた様子で、根岸に尋ねた。

「なぜ夜回りをやっていたんだね？」

「少年法の目的は、非行少年を更生させることです。その目的を達成するためには、少年たちと同じ視線で話を聞く必要があります」

「なるほど……。だが、非行少年が更生する率はそれほど高くはない。これは私見だが、少年法の理念そのものが、現代社会にはそぐわないものになってしまっているのではないか？」

「少年法の理念はいつの時代でも通用するものだと信じております。更生する率が低いとお考えならば、少年法を活用する努力と工夫が足りないのだと思います」

「それで、夜回りを始めたのだと……？」

「夜の町にいる少年たちの多くが、話を聞いてもらうことを求めているのです」

田端課長と岩井管理官がちらりと視線を交わしたのに、竜崎は気づいた。

少年法の理念の話などしていないで、殺人の捜査に集中してほしい。二人はそう考えているのに違いない。

竜崎は伊丹に言った。

「その話は後でいいだろう。先に進もう」

伊丹は少々気分を害したような顔になって言った。

「被害者のことを尋ねていたんだよ。それで、恐喝で捕まった後、被害者はどうなったんだ？」

根岸がこたえた。

「家庭裁判所で審判を受け、少年院送致となりました。一般短期処遇でした」

「一般短期というと、処遇過程は六ヵ月か」

「そうです」

「去年の夏に補導されて家裁で少年院送致が決まった。それから六ヵ月というと、今年の一月か二月には出たということだな？」

「二月でした」

「その後、被害者は？」

「しばらくおとなしくしていましたが、いつの間にかまたかつての仲間と行動を共にするようになっていたようです」

根岸の表情も口調も変わらない。だが、悔しい思いを秘めていることは確かだと、竜崎は思った。

伊丹が尋ねた。

「チームだかギャングだかから抜けられなかったということだね？」

「……というか、玉井がグループの中心人物だったようです」

伊丹はふと考え込んだ。

「グループ内部での犯行かな……。仲間割れとか、何かのトラブルとか……」

根岸はこたえた。

「そういう情報は得ておりません」

「非行グループなら、金銭トラブルとか女性を巡るトラブルがありそうなもんじゃないか」

根岸は繰り返した。

「そういう話は聞いておりません」

竜崎は伊丹をたしなめた。

「それ以上言うと、予断を招くことになるぞ」

「推理しているんだよ」

それから伊丹は根岸に向かって言った。「話はわかった。着席しなさい」

「はい」

根岸は言われたとおり腰を下ろした。

伊丹は田端課長に言った。

「複数の殴打の跡があり、溺死していた。これはリンチ殺人と見ていいだろう」

「検視官もそのような見解でした。しかし、目撃情報もまだ確認されておりませんので……」

さすがに田端課長は慎重だと、竜崎は思った。伊丹がさらに言う。

「被害者が所属していたという非行グループを調べれば、一件落着だな」

「もちろんその手配もします」

伊丹は満足げにうなずいた。

「では、その線でがんばってくれ」

そして竜崎に言った。「さて、それじゃ行こうか」

ここにやってきてから、三十分も経っていない。伊丹にとっては、顔を出したという事実が大切なのかもしれない。

これは何も伊丹だけに限ったことではないだろう。部長ともなればおそろしく多忙だ。捜査本部に張り付いていられないのは当然だ。

ならば、わざわざ顔など出さずに、最初から田端課長か岩井管理官に任せておけばいい。

どうせ、実務は岩井管理官が仕切ることになるのだ。責任者は黙って責任だけを取ればいいと、竜崎は思っていた。

だが、伊丹にとってはこうしたパフォーマンスが大切なのだ。

「初動捜査が大切だ」

竜崎は伊丹に言った。「俺はもう少しここで話を聞いていたい」

捜査員の中で、何人かが驚いた表情を見せたのに竜崎は気づいた。

伊丹と竜崎の関係をよく知らない者もいるのだ。誰がどう思おうと構うことはないと、竜崎は思った。

伊丹が言った。

「そういうことは、現場に任せておけばいいんだよ。いいから来いよ」

まるで学生のような口調で伊丹が言ったので、また何人かの捜査員が意外そうな顔をした。

伊丹が立ち上がると、捜査員たちも全員起立した。仕方なく竜崎も立ち上がった。

そのまま警視庁本部に帰るものと思っていたが、伊丹は署長室まで付いてきた。

ドアの脇を通るとき、貝沼副署長が慌てて立ち上がった。

竜崎は言った。

「何か用か？」

「久しぶりに会ったんだ。ちょっと話をしていったっていいだろう」

竜崎はあきれてしまった。

「そんな暇があったら、捜査本部で捜査員たちの話を聞くべきだ」

「だからさ、そういうのは現場に任せておけばいいんだよ。俺たちがいたら、かえって邪魔なんだよ」

「そういう自覚はあるんだな」

伊丹は先ほど座っていたのと同じソファに腰を下ろした。

竜崎は自分の席に戻る。

「判押しを続けさせてもらうぞ」

「ああ、好きにしてくれ」

判押しを再開して言った。

「何か特に話があるのか？」

「まあ、何というか……」

伊丹は天井を見上げている。

「何だ？」

「いや、おまえがどこに行くのかと思ってな……。思えば、こうして捜査本部でいっしょに仕事ができたのは悪くなかった……」

大森署を去ることについて、竜崎が感じていることは、伊丹には話したくなかった。彼に弱みを見せたくはない。

「どこに行くか、なんて考えても仕方がない。どうせ内示が出るまでわかりはしないんだ」

「まあ、俺たちの場合、官舎はちゃんと用意されているから、家を探す苦労はしなくて済むけどな……。地方に行く可能性は高いな」

竜崎は思わず尋ねた。

「警察庁に戻ることはないということか？」

「いや、その可能性もなくはないが……」

竜崎は溜め息をつきたくなった。

いつどこへでも行く覚悟はできているとはいえ、やはり家族を持った身では、地方転勤はきつい。

できれば都内にいられれば、と思う。そうなれば、美紀や邦彦とも今までどおりいっしょに暮らせるだろう。

そういえば、邦彦とはあれきり話をしていない。ポーランドに留学したいという話は、いったいどうなったのだろう。

どこまで具体的な話なのか、ちゃんと聞いておかなければならないと思った。

「県警本部の部長あたりが妥当だろうなあ……」

伊丹が言った。

「何だって？」

「おまえの赴任先だよ。本部長ってことはないだろうなあ……」

もし、どこかの県警本部長となれば、一気に伊丹を抜くことになる。

「警視庁本部の部長は……？」

「いや、しばらく警視庁の部長は動きそうにないな。動くとしたら、俺だが……」

「おまえの後釜か。それも悪くない」

「……となると、俺が地方に飛ぶことになるか……」

「警察庁の局長もあり得る」

「いやあ、ないない。俺は私立大出身だからな」

机上の電話が鳴り、竜崎は受話器を取った。

「はい、大森署、竜崎」

「どうも、サイバー犯罪対策課の風間です」

「どうしました」

「そちらの生安課長さんから電話をいただきまして……」

「そのように指示しました」

「例の鉄道会社と銀行の件ですが、侵入の形跡が明らかになったので、サイバー犯罪と断定しました」

「その話はすでに聞いております」

「……とはいえ、うちは相変わらずの人手不足でして、一つお願いがあります」

「何でしょう？」

「大森署の田鶴という捜査員ですが……。彼をしばらくお借りできませんか？」

犬猫ではないのだ。貸してくれというのはどういうことだろう。怪訝に思うと、それを察したように伊丹が竜崎の顔を見た。

「田鶴を借りたい……？」

「はい。つまり手を借りたいということです」

「それは……」

風間課長の真意を計りかね、竜崎は言葉を呑んだ。

7

「何事だ？」

ソファの伊丹が竜崎に尋ねた。

竜崎は片手で彼を制してから、電話の向こうの風間課長に言った。

「それは、田鶴に捜査を任せるということですか」

「手を貸してほしいと申し上げているのです。サイバー犯罪対策課では、専任チームを立ち上げました。そのチームに参加してもらいます」

いいように利用されているようで、どうも納得できない。だが、ここで文句を言っても仕方がない。

所轄（しょかつ）の捜査員が本部に吸い上げられるのはよくあることだ。それが希望の部署への異動や、出世につながることもある。

「本人の意思を確認してから改めて報告します」

風間課長は、驚いたような声で言った。

「それが必要ですか？　命令すれば済むことでしょう」

そうなのだろうか。警察は上意下達が原則だ。それが一見、合理的に見える。

だが、実は決してそうではないと竜崎は考えていた。よく組織の論理というが、組織は人間が集まって作るものだ。構成員のことを考えてこそ組織が活性化する。

それが真の合理性だ。

もしかしたら、昔の自分は風間と同じようなことを言っていたかもしれない、と竜崎は思う。

大森署に来てから変わったのだろうか。その考えを、竜崎は否定した。

俺は、もともとそういう考え方だ。中途半端な合理主義は、かえって組織の効率を下げることになりかねない。竜崎はそう思った。

「田鶴は徹夜で現場に詰めていました。少し休ませないと役に立ちません」

「緊急時です。捜査員は二日や三日の徹夜は普通ですよ」

「いや、私は署員の健康にも責任を負っています。休ませる必要があるときは休ませます」

「すぐにでも来てほしいんですがね」

「本人と話してみます」

わずかな間があった。おそらく、どう反応していいか考えていたのだろう。

「わかりました。できるだけ早くお返事をいただきたいのですが……」

「事情はわかっています」

「では、失礼します」

電話が切れた。竜崎が受話器を置くと、伊丹が言った。

「何か面倒な話か？」

「そうでもない。サイバー犯罪対策課の課長が、うちの生安課の係員を貸してくれと言ってきた」

「例の鉄道会社と銀行の件だな」

「サイバー犯罪と断定して捜査を始めたんだが、人手が足りないからうちの署員を差し出せと言ってきたわけだ」

「何か問題があるのか？」

「その捜査員は、昨夜から徹夜で現場に張り付いていた。休ませる必要がある」

「人手が足りないって、どういうことだ。そんなはずないだろう」

「俺もそう思う。おそらく、うちが生安部長の言うことを聞かずに鉄道会社と銀行に詰めていたから、嫌がらせだろう。うちの署員をこき使えば、連中のやることも減って、一石二鳥だ」

「こっちは殺人で忙しいってのに……」

「生安部にとっては、サイバー犯罪のほうが大切なのかもしれない。誰でも、自分の専門分野が一番重要だと考えがちだ」

「ふん、常識で考えれば、殺人のほうが重要だろう」

竜崎は、再び受話器を上げ、生安課にかけて、笹岡生安課長につないでもらった。

「はい、笹岡です」

「田鶴はどうしている?」

「まだ、現場にいると思いますが……」

「徹夜だったんだろう?」

「そう聞いています」

「連絡は取れるか?」

「ええ、もちろん……」

「俺に電話をするように言ってくれ」

「署長に直接ですか?」

「そうだ」

「あのう……」

「何だ？」

「田鶴が何かやらかしたんですか？」

叱責(しっせき)されると思っているようだ。

「そうじゃない。本部のサイバー犯罪対策課の課長から連絡があって、田鶴を貸せと言ってきた」

「貸せ……」

「まずは、田鶴本人の意向を聞きたい」

「ああ……。わかりました。すぐに電話させます」

「まどろっこしいな。俺が直接電話しよう。番号を教えてくれ」

「え、署長がですか……」

「何か不都合があるか？」

「田鶴が驚くと思いまして……」

「俺が電話したからといっていちいち驚くタイプとは思えなかったがな」

「タイプがどうこうという問題ではないと思いますが……」

「いいから、番号を教えてくれ」

「はい……」

竜崎は、笹岡課長が言った番号をメモして電話を切った。

「部長が部屋にいるというのに、おまえは勝手にどこかに電話をかけたりするんだな……」

「今さら驚くことじゃないだろう」

「だから、所轄なんかにいないで、早く然(しか)るべき部署に落ち着くべきなんだ」

「所轄なんか、なんて言い方をするからキャリアが嫌われるんだ」

「おい、ノンキャリみたいなことを言うなよ」

「俺は所轄の署長だ」

伊丹はようやく立ち上がった。

「何かあったら、すぐに知らせてくれ」

「わかった」

伊丹が出て行くのを見ながら、竜崎は田鶴に電話をかけていた。伊丹は、軽い調子で片手を振ってから部屋を出て行った。

「はい、田鶴」

「竜崎だ」

「え、竜崎って、署長ですか？」

「そうだ」

「うわあ、びっくりしたなあ……」

この反応にこそびっくりする。

「今、現場か?」

「ええ。まだ鉄道会社にいます。もしかしたら、侵入経路がたどれるかもしれないと、こちらのシステム担当者たちが言うので……」

「徹夜したということだな」

「ええ。けっこう手間取りましてね」

「本部のサイバー犯罪対策課の風間課長が、君に手伝ってほしいと言っている」

「手伝ってほしい……? それはつまり、手伝えと命令しているってことですよね」

「嫌なら断ればいいさ」

「別に嫌じゃありませんよ」

「徹夜したんだろう。少し休め」

「いえ、だいじょうぶです」

たいていの警察官は、上司から休めと言われたらこうこたえる。

「本部でヘマをやりたくないだろう。だったら、少し眠るんだ」

「サイバー犯罪対策課には、いつ行けばいいんです？」

「署の独身寮に住んでいるのか？」

「そうです」

竜崎は時計を見た。午前十時二十分になろうとしていた。これから田鶴が寮に戻り、仮眠を取ったとして、サイバー犯罪対策課に顔を出すのは、夕方になるだろう。

風間が言った専任チームがどういう態勢で動いているのかわからない。それを先に確認すればよかった。

「先方に確認して、また電話する」

「了解しました。いやあ、それにしても……」

「何だ？」

「署長から直接電話をいただくなんて、心臓に悪いですね」

「なぜだ？」

「なぜって……。そういうもんでしょう。偉い人からケータイに電話があったら緊張しますよ」

「そんなことは気にしなくていい」

竜崎はいったん電話を切った。

斎藤警務課長に電話をして、風間につないでもらった。

「風間です」

「田鶴が参加する専任チームは、どういう態勢で動くのですか？」

「現在は日勤です。しかし、すぐに二十四時間態勢に移行するつもりです」

「では、今日はまだ日勤ということですね」

「そうです」

「わかりました。では田鶴は明日から行かせます」

「明日ですか。私は今日中に来てもらうことを期待していたのですが……」

「田鶴は昨夜から今日にかけて徹夜したのです。今日は明け番扱いにします」

「そんな必要はないでしょう。何日も徹夜する刑事はざらにいます。それが警察です」

「人は寝ないとたんに仕事の効率が落ちます。健康を害することもあり、そうなれば仕事ができなくなる。病欠になれば、その欠員を補うためにどこかにしわ寄せがいく。だから私は、できるだけ署員をちゃんと休ませることにしています」

「わかりましたよ」

風間課長はあきれたような口調で言った。「明日からですね。ではお待ちしております」

竜崎は受話器を置き、携帯電話に持ち替えて、田鶴に電話した。

「署長からの電話には、やっぱり、緊張しますね」

「だから、いちいち緊張しなくていいと言っているだろう。警視庁本部に行くのは明日でいい。帰って休め」

「本当にだいじょうぶですよ」

「いいから言うとおりにするんだ」

「わかりました。待機寮に戻ります」

「そうしてくれ」

竜崎は電話を切った。

そして、判押しを再開した。

まだ昼前だ。少しでも書類を片づけておきたかった。午後になると、また何が起きるかわからない。

殺人の捜査本部のことが気になった。

判を押す手を止めて、関本刑事課長に電話をした。本当は、刑事組織犯罪対策課長だが、長いのでみんな昔ながらに刑事課長と呼んでいる。

「はい、関本」

「竜崎だ。捜査本部の様子はどうだ？」

「地取り班は目撃情報を集めに出かけました。鑑取り班は交友関係を洗います。具体的には、被害者の玉井が所属していたギャングですね」

ギャングなどというのは、アメリカの古い映画に出てくる連中だと思っていた。禁酒法時代の犯罪組織だ。今どきは、若い非行少年グループをそう呼ぶことがある。

「何か進展があったら教えてくれ」

「わかりました」

竜崎は電話を切るとまた、判押しを始める。

考えるべきことはいろいろあるが、今は目の前の書類の山に集中しようと思う。昼食まで専念すれば、三分の二は片づくはずだ。

それから竜崎は十二時まで脇目も振らず書類の判押しを続けた。

十二時きっかりに、いったんそれを中止する。

昼食前に懸案事項をチェックしてみることにした。

まずは、平和の森公園内で起きた殺人事件だ。被害者はギャングの構成員だったというから、非行少年同士のトラブルの可能性は大きい。

捜査本部が集中捜査を開始したのだから、ほどなく結果が出るだろう。

次に、鉄道会社と銀行を狙ったサイバー犯罪だ。

警視庁本部のサイバー犯罪対策課は当初、何のアクションも起こさなかった。いち早く捜査員を送り込んだのは正解だったと、竜崎は思った。

だが、そのことでどうやら、前園生安部長や、弓削方面本部長の反感を買ったらしい。サイバー犯罪対策課の風間課長が、田鶴を差し出せと言ってきたのは、そのせいかもしれない。

前園部長や弓削方面本部長にどう思われようとかまわないと、竜崎は思っていた。そんなことはどうでもいい。

問題は、鉄道会社や銀行のシステムに侵入した犯人を特定して、検挙することだ。

今回は大きな被害が出ていない。だが、次はどうなるかわからない。サイバー犯罪は繰り返される。そしてエスカレートする傾向がある。

ハッカーたちは技術を磨くのだ。技術がグレードアップすれば、犯罪もステップアップする。

ただのいたずらでも甚大な被害が出ることがある。それがサイバー犯罪の恐ろしさだ。企業への恐喝に使えば、大金を稼ぐことができる。

システムに侵入するだけで立派な犯罪だ。だが、ハッカーはいずれそれだけでは満足できなくなる。

銀行のシステムに侵入できたのなら、口座を操作することも可能だろう。残高を空にしたり、マイナスにしたりすることもできるし、暗証番号を勝手に変更することだってできてしまうということだ。口座の管理には二重三重のセキュリティーがかかっているはずだが、それらに挑戦してこそハッカーなのだ。

彼らの好奇心や探究心はあなどれない。パソコンに向かっているうちに、どんどん深みにはまっていくのだ。

金の問題だけではない。今や生活に欠かせないインフラの多くがコンピュータシステムによって統御されている。そのシステムを乗っとれば、国民の生活を大混乱に陥れることも可能だろう。さらに言えば、軍事機密や政府の高度な機密に接触することも、理論上は不可能ではない。

そうなれば、国家的な大問題となる。サイバー犯罪のほうも、できるだけ早いうちに解決しなければならないのだ。

サイバー犯罪対策課は、専任チームを立ち上げたという。それは当然の対応だろう。できることは何でもすべきだ。

その意味で、所轄の優秀な捜査員を吸い上げるというのは間違いではない。おおいにやるべきだ。

だが、竜崎としては、はいそうですかと素直に差し出す気にはなれない。それで、田鶴を休ませる条件を出したというわけだ。

事実、署員をちゃんと休ませるのは重要なことだと思っている。根岸のように、寝る時間を削っても頑張るというのは、珍しいケースではないのだ。

警察官はとかく無理をしがちだ。それをコントロールするのも管理者の務めだ。

仕事に加えて、異動のことも気になる。

地方に行くとなると、いろいろと面倒なことがある。子供たちが大きくなってくれていて、本当によかったと思った。

転校のことが一番、微妙で難しいのだ。たいてい、妻の冴子に任せきりなのだが、
竜崎も気にはしていた。

今は学校のことを気にしなくてよくなった。ただ、地方に行くとなると、子供たちとは別々に暮らすことになるだろう。

そうだ。その子供のことだ。

邦彦がポーランドに留学したいと言い出した。なぜ、ポーランドなのだろう。その

留学は、将来の役に立つのだろうか。

音楽家がオーストリアに留学するというのならわかる気がする。邦彦は、将来についてどう考えているのだろう。

小学生ではないのだ。少しは現実的なことを考えてもらわなければならない。

竜崎が求めたとおり、邦彦は東大に入学した。竜崎は勝手に法学部を思い描いていた。

だがどうやら邦彦は法学部へは進まないようだ。一時期アニメに関する仕事がしたいと言っていたが、今もそうなのだろうか。

二年間の前期課程は、全員が教養学部で学ぶことになる。その後進路を決めるわけだが、邦彦はどうするつもりだろう。

やりたいことをやればいいと言った。その言葉に嘘(うそ)はない。だが、心のどこかで自分と同じく法学部に行くべきだと考えていた。

いつかそのことについて話し合わなければならないと思っていた。

留学はどの程度の期間を考えているのだろう。短期だと意味がないと、竜崎は考えていた。

二ヵ月や三ヵ月留学したところで、カルチャーショックを受けるだけで終わってしまう。何も身につかないだろう。

最低でも半年、いや一年は滞在して、必死で勉強をする必要がある。それでも何かを学ぶには充分とは言えないだろう。

現地の言葉を学ぶだけでも何年かかかるに違いない。邦彦はポーランド語を学びたいわけではないはずだ。さらに期間が必要だということだ。

すると、卒業が延びることになる。邦彦は二年浪人しているので、現役で卒業する者よりも何年か社会に出るのが遅くなる。

その何年かを邦彦はどう考えているのだろう。

家に帰れれば、話ができるのだが……。

竜崎は考えた。

捜査本部は、実質管理官が仕切っている。捜査本部長の刑事部長は多忙なので、捜査本部に腰を落ち着けるわけにはいかない。

伊丹は頻繁に顔を出したがるが、彼は例外と言っていい。

捜査一課長ですら常駐はできないのだ。

管理官に任せて、竜崎も帰宅することはできる。だが、そうしたくなかった。

捜査本部長の伊丹がいない間、副本部長である竜崎が臨席すべきだと思った。何か問題が起きたときに、すぐに対処する必要があるのだ。

早期解決を望むしかない。

竜崎はそう考え、昼食をとることにした。業者が仕出し弁当を署に納入している。その弁当を食べることにした。

8

「ギャングの構成員を、何人か引っぱって話を聞きました」

午後一時頃、関本刑事課長が署長室に報告に来た。

「それで……？」

「みんな同じように口を閉ざしていまして……」

「仲間が殺されたんだ。警察に協力するのが当然だろう」

「ところが、ああいう連中は警察を眼の仇(かたき)にしていますから……。仇は自分たちで討ちたいと思っているのかもしれません」

「ばかな……。警察より先に犯人を見つけられるとでも思っているのか」

「実際に、しばしばそういうことがあるのです。蛇(じゃ)の道は蛇(へび)で、非行少年や裏社会の連中は独自の情報ネットワークを持っていますからね」

「仇討ちなど許すわけにはいかない。何か知っていることがあるのなら口を割らせるんだ」

「少年係の根岸が、興味深いことを言っていました」

「どんなことだ？」

「彼らは、誰かをかばっているのかもしれない。でなければ、恐れているか……」

「根岸は実際に彼らに接したのか？」

「ギャングの構成員の多くは少年なんです。引っぱってきたやつらも全員が少年だったので、彼女に尋問を任せるか、立ち会ってもらうかしました」

根岸がそう言うのなら間違いないだろう。彼女は人一倍少年たちと接している。現在、捜査本部で一番少年犯罪に精通しているのは根岸だ。

竜崎は直接話が聞いてみたくなった。

根岸の話だけではない。捜査がどの程度進展しているのか、肌で感じてみたかった。

異動になったら、捜査本部などの現場に出ることもなくなるかもしれない。そう思うと、捜査本部での体験も貴重な気がした。

「わかった。こちらの仕事が一段落したら、俺も捜査本部に行く」

「了解しました」

関本課長が出て行くと、竜崎は残った書類を見た。すでに三分の二……、いや、四分の三は片づけた。あと一時間ほどで判押しは終わる。

書類仕事を終えてからでも、捜査本部に行くのは遅くはない。再び黙々と判押しを続けた。

午後二時半に、すべての書類に眼を通し終わると、竜崎は立ち上がり、副署長席にいた貝沼に告げた。

「捜査本部に行ってくる」

「わかりました。留守中のことはお任せください」

事実、貝沼副署長に任せておけば安心だ。貝沼は、竜崎が大森署にやってくる前から副署長だった。

おそらく、キャリアで降格人事を食らい、署長としてやってくる竜崎のことを、役立たずだと思っていたに違いない。お飾りの署長に過ぎないと考えていたのだろう。

今では貝沼とも信頼関係を築けたと思っている。

警察庁にいた頃は、上司や部下との信頼関係についてなど考えたこともなかった。自分のやるべきことをやればそれでいいと思っていたのだ。上司が何を考えようが、また部下がどう思おうがどうでもよかった。

それは今でもあまり変わらないが、部下との信頼関係は重要だと思うようになった。これも所轄だからこそ学べたことなのだろうか。

捜査本部に入室すると、捜査員たちが起立した。竜崎は幹部席のひな壇に向かう。

幹部席にはまだ田端捜査一課長が残っていた。

竜崎は、田端課長に言った。

「いちいち出入りするたびに気をつけをしなくてもいいと思うんですがね……」

田端課長が苦笑した。

「警察には規律が必要です。こういうのがなくなると淋しいもんですよ」

「そうですかね……」

「そうだと思いますよ」

「ギャングの構成員を何人か引っぱったそうですね」

田端課長がうなずく。

「こちらはただ事情を聞きたいだけなのに、最初っから喧嘩腰です。虚勢を張っているんですね。警察に連れて来られて不安で仕方がないので突っ張ってるんです」

「誰かをかばっているのかもしれないという見方もあるようですね」

「おたくの少年係の意見ですね。特に確証があるわけではないですが、信憑性はそれなりにあると思いますね」

「あるいは、何かを恐れているかもしれないと……」

「そう。ああいう連中は、とかく警察に刃向かおうとしますが、今回は特に反発が強い。私も、普通じゃないという気がしていますね」

「根岸と話していいですか？」

「もちろん。おたくの署員だし、あなたは副本部長だ」

竜崎は、管理官席に声をかけた。すぐに岩井管理官が幹部席までやってきた。

「何でしょう？」

「少年係の根岸がどこにいるかわかるか？」

「取調室にいると思います。確認してみます」

「手が空いたら、話が聞きたい」

「わかりました」

それから、五分後に彼女が竜崎のもとにやってきた。

「お呼びでしょうか」

竜崎はこたえた。

「別に呼びつけたわけじゃない。手が空いたら話が聞きたいと言ったんだ」

「私はすぐに来るように言われました」

岩井が余計な気をつかったようだ。

「仕事の邪魔をしたのなら謝る」

「いえ、そんなことはありません」

「取調室にいたのだろう？　ギャングのメンバーの取り調べか？」

「そうです」

「それを中断してここに来たのではないのか？」

「私が事情聴取を担当していたわけではありませんので……。あくまで私は立ち会っていただけです」

「立ち会いというのは、どういう意味だ？」

「さあ……。私にはわかりません。ただ、彼らの尋問に立ち会うように言われたのです」

「誰に言われたんだ？」

「岩井管理官です」

「それは、少年係をうまく利用しているということじゃないのか」

根岸はこたえなかった。

代わりに、隣りにいる田端課長が言った。

「そういう言い方は勘弁してください。殺人事件なんだから、捜査一課の殺人犯捜査係やおたくの強行犯係が事情を聞くのは当然でしょう。少年の扱いに不備がないか、少年係に確認してもらったということです」

田端課長が岩井管理官にそう指示したということだろうか。もし、岩井管理官の独断だったとしても、彼はこういう言い方をするはずだ。田端課長は責任感が強く、部下を大切にする。

竜崎は、本題に入ることにした。ここで岩井管理官に文句を言っても仕方がない。

「ギャングのメンバーが誰かをかばっているのかもしれないと、君は考えているようだね」

「はい」

「あるいは、何かを恐れているかもしれない、と……」

「はい」

「その根拠は？」

「彼らが通常より反抗的だからです」

「それは田端課長からも聞いた。だが、あまり根拠にならないような気がするがな……」

「彼らは人に慣れていない野良猫や野犬と同じです。警戒心が強いのです。特に警察に対しては反抗的ですが、普通以上に反抗的な場合は、何かの緊張を抱えていることが多いのです。その理由として考えられるのは、警察に訊かれたくない事柄がある、ということです」

「隠し通したいことがあるということだな」

「そうです」

「わかった。誰かをかばっているとしたら、それは誰だと思う？」

「複数のメンバーが特定の人物を守ろうとしていると考えられますので、リーダー的な存在やそれに準じる立場の人物だと考えられます」

田端課長が言った。

「しかし、ギャングのリーダーは殺害された玉井啓太なんだろう？」

「そのようです」

「リーダーを殺害した者をかばおうとするのはおかしいんじゃないか」

田端課長のこの質問に、根岸はうなずいた。

「ですから、もう一つの可能性のほうが高いと考えられます」

竜崎は言った。

「つまり、誰かを恐れているという可能性だな？」

「はい」

田端課長が思案顔で言った。

「リーダーを殺害した人物を恐れる……。グループ同士の抗争だろうか……」

それに対して、根岸が言った。

「抗争だとしたら、第三の可能性も考えられると思います」

竜崎は聞き返した。

「第三の可能性……？」

「はい。玉井を殺害した犯人を警察に捕まえさせるわけにはいかないと考えているのかもしれません」

竜崎は言った。

「関本刑事課長もそのようなことを言っていた。つまり、自分たちで仇を討ちたいというわけだな」

「はい」

田端課長が言った。

「なるほど……。まあ、その線が一番固いか……」

竜崎はうなずいた。

「反社会的な集団がそういう考え方をする、というのはうなずける」

ふと、根岸の表情が気になった。彼女は何か言いたそうにしている。

竜崎は尋ねた。

「何だ？ 何か言いたいことがあるのか？」

「いいえ、お二人のおっしゃるとおりだと思います」

「納得しているという表情じゃないな」

根岸は一瞬、迷っている様子を見せた。そして言った。

「これは私の印象でしかないので、申し上げるのはいかがなものかと思うのですが……」

「いいから言ってみなさい」

「彼らは、怒っているのではなく、怯(おび)えているように感じます」

竜崎は田端課長の顔を見た。相変わらずの思案顔だ。

根岸に視線を転じて言った。

「わかった。持ち場に戻ってくれ」

根岸は竜崎と田端課長に礼をして立ち去った。

田端課長が竜崎に言った。

「今の話、どうお思いです？」

「普通に考えれば、ギャングの構成員が自らの手でリーダーの仇を討とうとしているということでしょうが……」

「私もそう思いますね」

「しかし、私は根岸の感覚を信じたいと思います」

「なるほど。女の勘はあなどれないですからね」

「根岸には経験があります。彼女は夜回りを通じて多くの少年たちと接しており、それが彼女の判断のもとになっているのだと思います」

「では、署長は彼らが何者かを恐れているのだとお考えなのですね」

竜崎はここで曖昧(あいまい)なことを言いたくはなかった。田端課長は今、判断の指針を求めているのだ。

無責任なことは言えないが、はっきりとした意見を述べておくべきだ。

「私は根岸の感覚を信じることにします。つまり、ギャングのメンバーたちは何かを恐れている可能性が高いのだと思います」

「うーん」

田端課長はうなった。「恐れているとしたら、何なんでしょうね……」

「それは捜査の進展を待たないと、何とも言えませんが……」

「マルBでしょうか。ギャングが高校野球だとしたら、暴力団はメジャーリーグでしょう」

竜崎は考えた。それは充分にあり得ることだ。ギャングが暴力団の縄張りで何か彼らの逆鱗(げきりん)に触れるようなことをしてしまった。それで玉井が殺された、というのはありそうな話だ。

「その可能性はあるでしょうね」

「では、大森署のマル暴から情報をいただけませんか」

「わかりました」

竜崎は関本刑事課長の姿を探した。捜査本部内にはいないようだ。刑事組対課に内線電話をかけて、関本課長を呼び出してもらった。

「はい、関本です」

「竜崎だ。マルBの情報がほしい。玉井のグループとトラブルになっていた組員がいないか調べてくれ」

「殺人の被害者ですね？　暴力団とのトラブルですか……」

「そうだ」

「了解しました。すぐに当たらせます」

竜崎が電話を切るのを待っていたように、田端課長が言った。

「すいません、本部庁舎に戻りたいのですが、よろしいでしょうか？」

捜査一課長は多忙だ。もちろん殺人事件は重要だが、それ以外にも大切な用事がたくさんあるのだろう。

「捜査本部には戻られますか？」

田端課長は一瞬戸惑ったような表情を見せた。彼には珍しいことだ。

「そのつもりですが、どうなるかちょっとわかりません。必ず誰かに連絡します」

戻らないつもりだな、と竜崎は思った。

「わかりました。後は任せてください」

田端課長はほっとしたような表情を浮かべて頭を下げた。

「では、よろしくお願いします」

課長が席を立つ。するとまた、捜査員たちが起立した。

これで今日は帰れなくなったな。

捜査本部を出て行く田端課長の後ろ姿を見ながら、竜崎は思った。

特に進展がないのに伊丹が戻って来るはずがない。彼は、捜査員たちやマスコミの注目を集めるようなときだけ顔を見せる。

捜査一課長が戻って来ないとなると、竜崎が残るしかない。

捜査幹部がみんな席を外してしまったら、捜査員たちの士気も落ちるだろう。

時計を見ると、午後三時を回ったところだ。判押しを終えてよかったと思った。署内のことは貝沼と斎藤警務課長に任せておけばだいじょうぶだ。

竜崎は、捜査本部に腰を落ち着けることにした。そう覚悟を決めたとき、部屋の出入り口に戸高が姿を見せた。

彼は、真っ直ぐに岩井管理官のもとに向かった。何事か報告している。岩井管理官はただうなずいただけだった。

竜崎は声をかけた。

「戸高、ちょっと来てくれ」

戸高は、不機嫌そうな表情でやってきた。つまり、いつもの顔だということだ。

「何すか?」

「外回りか?」

「いえ、悪ガキに事情を聞いていました」

「何かわかったか?」

「だめですね」

「根岸の話を聞いたか？」

「根岸の話？　何の話です？」

「ギャングのメンバーは、何かを恐れているのではないか、と彼女は言っていた」

戸高の表情が少しばかり変化した。世の中のすべてのことがつまらない、とでも言いたげだったのだが、にわかに、興味を引かれたような眼差（まなざ）しになった。

「ほう……。何かを恐れている……」

「そうだ。俺は、彼女の経験と感覚を信じたいと思っている」

「あいつらは、どうしようもない悪ガキですが、ばかじゃない。特に損得勘定には長（た）けているんです。警察に逆らって得なことなど何もないってことはわかっているはずです。だから駆け引きをしようとする。でも今回は、はなっからむきになっている。何かあるなとは思っていたんです」

急に饒舌（じょうぜつ）になった。

戸高の中で何かのスイッチが入ったようだ。竜崎は言った。

「少年たちはまだ署にいるのか？」

「ええ、まだ話を聞いている最中ですが……」

「任意同行だから長居はさせられない」

「わかってます。何を聞き出すべきか方針がはっきりすれば、攻めようもあります」

「彼らが何かを恐れているという前提で話を聞き直す、ということだな？」

「そうですね」

戸高はにわかに勢いづいて言った。「じゃあ、もう一勝負してきますよ」

彼はまた捜査本部を出て行った。

戸高なら何かを聞き出してくれるかもしれない。根拠はないのだが、竜崎はそんな期待を抱いていた。

9

慌ただしく、緊張感に満ちた捜査本部にも、倦怠の波はやってくる。どこでもだいたい同じだが、午後四時を過ぎた頃から、けだるい雰囲気に包まれる。

竜崎も眠気を覚えた。管理官席の電話は頻繁に鳴っているし、伝令が走っている。時折、報告の声が響く。

それでも、捜査本部全体がねっとりとした空気に満たされてしまったように感じる。

幹部席で居眠りをするわけにはいかない。

竜崎は目を覚ますために、冴子に電話をすることにした。

呼び出し音八回を数えて、ようやく冴子が出た。

「どうしたの？」

「やっぱり今日は帰れなそうだ」

「そう。わかった」

「何か特に変わったことはあるか」

「変わったことなんてないわよ」

竜崎は一瞬躊躇（ちゅうちょ）してから言った。

「邦彦のことだが、詳しく聞いているか？」

「ポーランドに留学したいって話？　さあ、聞いてないわね。邦彦はあなたに相談したいらしいわよ」

「家族のことは、おまえに任せているんだがな……」

「私じゃ手に負えないこともある。特に男の子が大人になってくると、父親じゃなきゃ対処できないんじゃない？」

竜崎は自分と父親の関係を思い出してみた。

「俺は、自分の将来のことを親に相談した記憶がない」

「あなたはそうかもしれないわね」

「それで、邦彦はポーランドで何をやりたいと言ってるんだ？」

「だから詳しくは聞いていないんだってば。でも最近、パソコンに向かってる時間が長いみたいだから、自分なりにいろいろ調べて考えてるんじゃないかしら」

「話を聞きたくても、今夜は帰れない」

「別に今日明日という話じゃないと思うわよ。邦彦も、それほど具体的に計画しているわけじゃなさそうだし」

「そうか……」

「私に話を聞いておけと言ってもだめよ。邦彦はあなたに相談したがっているんですから……」

「わかっている。だが、事件が解決するのはいつになるかわからない」

「すみやかに解決しなさい」

「え……」

「あなたが陣頭指揮を執るんでしょう？」

「伊丹と捜査一課長がいない間は、そういうことになる」

「だったら、その間に解決しちゃいなさい」

「わかった」

「じゃあね」

竜崎は電話を切った。

すっかり目が覚めていた。

戸高が戻ってきたのは、午後五時頃だった。まだ捜査員たちのほとんどが上がっておらず、捜査本部内は相変わらずがらんとしていた。

戸高は根岸を連れていた。彼らは管理官席には向かわず、まっすぐに竜崎のもとにやってきた。

「どうだ？」

竜崎が尋ねると、戸高はこたえた。

「最初はただ突っ張ってるだけかと思っていたんですがね……。たしかに根岸が言うとおり、何かに怯えているようですね」

根岸が戸惑ったように言った。

「私は、その可能性もあると申し上げただけです。怯えているのではなく、かばっている可能性もあると思っています」

「だからさ」

戸高が言った。「リーダーを殺したやつをかばうってのは、筋が通らないだろう」

「そうかもしれませんが、可能性は否定できません」

竜崎は戸高に尋ねた。

「具体的なことはまだ聞き出せないんだな？」

「まだです。でも、何かに怯えているってのに、賭けてもいい」

「賭けるのは、競艇だけにしておけ」

「俺は取り調べを続けたいんですが、ちょっと困ったことに……」

「困ったこと……？」

竜崎が聞き返すと、戸高は根岸を見た。

根岸が言った。

「これ以上少年たちを拘束することはできません。拘束を続けるには、合理的な理由が必要です。それに、取り調べじゃなくて事情聴取です。彼らは被疑者じゃありません」

戸高が顔をしかめた。

「事情聴取も取り調べも同じようなもんだよ。どうせ、あいつらは叩けば埃が出る」

「不法な拘束を続けて、無理やり聞き出した証言は捜査や裁判には使えませんよ。特に少年事件では、家庭裁判所が眼を光らせています」

「全件送致か……」

竜崎はつぶやいた。

少年事件は、すべて家庭裁判所に送致しなければならない。被疑者が十四歳以上で、刑事処分が相当と見なされるような場合は、家庭裁判所から検察に送られることになる。これを逆送と呼んでいる。

要するに、矯正を目的とする保護処分が原則なので、少年事件はとにかくすべて家庭裁判所に任せなさいということだ。

根岸はうなずいた。

「そうです。家裁に送致せずに、拘束を続けることは、明らかに違法です」

戸高の表情がますます渋くなる。

「もう少しで口を割るかもしれないんだ」

月「口を割ったとしても、証拠としては採用できないんです」

「情報が得られればいい」

竜崎は言った。

棲「違法な捜査はやってはならない。任意だから、少年たちが帰りたいと言えば、帰さなければならない」

戸高がむっとした顔で竜崎を見る。こいつは、相手が署長だろうがおかまいなしだ。こんな警察官は珍しい。

だが、珍しいからこそ貴重なのだと、竜崎は思う。

竜崎は戸高が何か言う前に、言った。

「少年たちは、帰りたいと言っているのか？」

戸高は虚を衝かれたように竜崎を見つめた。

「いえ……。少なくとも、俺が担当した少年は、帰りたいとは一言も言ってませんね」

竜崎は根岸を見た。

「全件送致は、あくまで逮捕した場合だ。今取調室にいる少年たちを逮捕したわけではないだろう」

「ですから……」

根岸が言った。「我々は彼らを拘束する権限はありません」

「少年たちは、自ら協力してくれている」

根岸がさらに言った。

「彼らは何もしゃべろうとしないんですよ。協力しているとは言えません」

「帰りたいとは言っていないのだろう」

「しかし、これ以上拘束を続けるのは問題です」

戸高が小声で言った。

「弁護士かよ……」

竜崎は根岸に言った。

「手がかりがほしいんだ。今、組対の情報を集めている。暴力団関係から何かわかれば、それを少年たちにぶつける。それでさらに何かわかるかもしれない」

「しかし……」

「少年たちの身柄を預かっているのは、防犯の意味もあるんだ」

「防犯ですか？」

「そうだ。彼らが玉井啓太の仇討ちをしようと考えている可能性もある」

根岸はしばらく考え込んだ。

戸高が笑みを浮かべて言った。

「へえ、署長もそういう方便が言えるようになったんですね」

「方便なんかじゃない。事実を言っているだけだ」

戸高は勝手に話題を戻した。

「やつらが恐れているのは、マルBの可能性もあるということですね？」

竜崎はうなずいた。

「充分に考えられることだろう」

「じゃあ、その組対からの返事待ちですね」

「課長に電話してみよう」

竜崎は、内線電話をかけて、関本課長を呼び出した。

「マル暴からの情報はまだか？」

「それがですね、玉井啓太とトラブルがあったというような情報は一切ないんです」

「調べ切れていないだけじゃないのか？」

「担当者たちは、日々細かな情報を集めています。玉井は、札付きの不良で、マルBから見ればドラフト一位ですよ。そんなやつを巡る動きはすぐにわかります」

「その言葉は信用していいんだな？」

「はい。間違いありません」

「わかった」

竜崎は電話を切って、戸高と根岸に言った。

「暴力団員たちに動きはなかったそうだ」

根岸が言った。

「動きを見逃していたというようなことは……？」

それに対して、戸高が言った。

「マル暴の情報収集能力は半端じゃないよ。玉井とどこかの組員の間にトラブルがあったとしたら、必ずキャッチする」

竜崎は言った。

「それについては、関本課長も断言していた」

戸高が言う。

「……だとしたら、少年たちは何を恐れているんだろう……」

根岸が言った。

「ですから、恐れているのではなく、誰かをかばっている可能性もあると……」

竜崎は時計を見た。

「現在、午後五時二十分。根岸が言うとおり、いつまでも彼らを拘束しておくことはできない。事情聴取が深夜に及ぶというのも、少年保護の観点から避けなければならない。事情聴取は午後八時までだ。その時点で少年たちを解放する」

「取り調べを続行します」

戸高がそう言って、歩き去った。

「取り調べじゃなくて、事情聴取です」

根岸が竜崎に一礼してその後を追った。

二人が立ち去ると、岩井管理官が近づいてきた。

「手がかりはなし、ですか……」

「話は聞こえていたのか？」

「ええ、断片的に……」

「いっしょに戸高たちの話を聞いてくれればよかったんだ」

「大森署員同士の話があるのかと思いまして……」

「捜査本部なんだから、そんな気を使う必要はない」

「それに、当然管理官席に報告があるものと思っていましたので……」

竜崎はようやく気づいた。

戸高と根岸が、自分にでなく、竜崎に報告したことについて、岩井管理官は不愉快な思いをしているのかもしれない。それで、竜崎にプレッシャーをかけようというのだろう。

「私が直接指示したことについての報告だったんだ。だが、情報は共有すべきだ。今後はそちらに報告に行かせる」

岩井管理官は少しばかり慌てた様子で言った。

「いえ、私は別に……」

「被害者の仲間たちが何かを恐れているようだ。暴力団員ではなさそうだ。何だと思う？」

岩井管理官は、戸惑ったような表情で言った。

「何かを恐れている、ですか？」

「それで全員口を閉ざしているわけだ」

「はあ……」

「暴走族やギャングといった非行グループを形成する少年たちが恐れるのは、やはりその世界のプロである暴力団員たちだ。そう考えて、トラブルを探ってみたが、何もなかった」

「では、先輩でしょうかね……」

「先輩……？」

「はあ……。暴力団員と彼らの間に、先輩がいるでしょう。卒業とか引退とか言って、グループを抜けた後も、OBとして影響力を持つわけです。そういった連中がまた、半グレといった集団を形成することもあります」

「半グレか……」

「最近では、暴力団員よりもタチが悪い連中もいるようです。暴対法や排除条例で、暴力団員たちはがんじがらめですからね。その点、半グレはやりたい放題です」

「半グレは、準暴力団という扱いだったな」

「そうです。暴力団が表立った動きができなくなったので、相対的に彼らの存在感は増してきています。指定団体ではないので、暴対法で取り締まることもできません」

「暴対法以外にも法律はいくらでもあるはずだ」

「法律だけの問題ではありません。パワーバランスなんです。暴力団の影響力が減少すれば、別の勢力が力を増すわけです」

「パワーバランスだって？　その言葉は、悪事を働く勢力が常に一定量存在するということを前提としているな」

「それが事実ですから」

「現状がそうだからといって、警察官がそれを認めるような発言をしてはいけない。パワーバランスと言うのなら、警察が反社会的な存在に対して大きなパワーになればいいだけのことだ」

岩井管理官は、驚いたような顔で言った。

「あ……、いや、そのとおりではありますが……」

「そのとおりだが、何だと言うのだ？」

「実際にはなかなか難しいものがあると思います」

「難しいのは当然だ。今すぐ反社会的な勢力を一掃しろと言っているのではない。問題は、何を目指しているか、なんだ。現状に甘んじるのか、それともあるべき未来を想定するのか。少なくとも、管理職や幹部は理想の未来を目指すべきだ」

岩井管理官は一瞬、ぽかんとした顔で竜崎を見た。

「署長は、やはり噂（うわさ）どおりの方だったんですね……」

「どんな噂だ？」

「あ、いえ……。失礼しました。おっしゃるとおり、上に立つ者は現場の者を正しい方向に導く責任があります」

「そのとおりだ」

「半グレの話ですが……」

「ああ、そうだった。話がそれたな」

「彼らの活動が活発になってきていることは事実です」

「うちの組対係が、彼らのことを見逃すことがあり得ると思うか？」

「……というか、仕事熱心であればあるほど、半グレのことには気づかないかもしれないですね」

「どういうことだ？」

「組対係の仕事の対象は、指定暴力団です。その動きに集中していれば、他のことにまで注意を払う余裕はないでしょうから……」

そうだろうか。

それではあまりに視野が狭いのではないだろうか。竜崎はそう思ったが、それについては何も言わないことにした。

「では、刑事組対課長に、もう一度連絡してみよう」

「そういうことは我々の仕事です」

「私が電話したほうが早い」

「わかりました」

岩井は礼をして、管理官席に戻った。

竜崎は再び、関本課長に内線電話をかけた。

「署長、何でしょう？」

「先ほどの話だが、半グレについてはどうかと思ってな」

「つまり、玉井のグループが半グレとトラブルを起こしていたかどうか、ですね？」

「そういうことだ」

「半グレの動きはなかなかつかめないんですよ」

「管内に半グレの組織はあるのか？」

「……というか、半グレは組織という形態ではない場合が多いのです。連絡網があって、何かあったときには、電話一本で集まるとか、そういう動き方をするようです」

「ほう……。ネットワークのようなものか。それは効率がいいな」

「そうなんです。効率がよくて、なかなか警察の網にかかってくれません」

「何とか動きを探ってみてくれ。殺人事件が起きたんだ。いつもとは違った動きがあるかもしれない」

「了解しました」

竜崎は電話を切り、時計を見た。

午後五時四十分。少年たちを解き放つと決めた時間まであと二時間二十分だ。

10

午後七時を過ぎたが、戸高たちは何も言ってこない。

竜崎は岩井管理官に尋ねた。

「事情聴取をしている少年は何人だ？」

岩井が席を立とうとしたので、竜崎は言った。「ここに来ることはない。そこでこたえてくれればいい」

「三人です」

「担当している捜査員たちから、まだ何も知らせはないんだな？」

「ありません」

「あと一時間で彼らを解放する」

「承知しております。先ほどお話をうかがっておりました」

結果を待つしかない。

電話が鳴った。連絡係が竜崎宛てであることを告げる。受話器を取った。

「はい、竜崎」

「関本です」

「何かわかったか？」

「……というより、何もないことがわかりました」

「トラブルはなかったということか？」

「署の捜査員の中に、特に暴力団の予備軍について興味を持っているやつがいまして
ね……。まあ、野球ファンの中の高校野球マニアみたいなものですが……」

「それで……？」

「殺された玉井のグループのこともマークしていたんです。そいつによると、玉井の
グループは最近、急におとなしくなっていて、周囲とのいざこざなど一切なかったと
いうんです」

「急におとなしくなった……」

「ですから、マルBとも半グレともトラブルなどなかったというわけですね」

「何か理由はあるのか？」

「え、理由……？」

「急におとなしくなった理由だ」

「いや、そこまではちょっと……」

「その予備軍マニアに、調べるように言ってくれ」

「わかりました」

「何かわかったら、その捜査員から直接俺に報告させてくれ」

「了解です」

様子をうかがっていた岩井管理官が席を立って近づいてきた。

「何かわかりましたか」

竜崎は、今、関本課長から聞いた話を岩井に伝えた。

岩井は考え込んだ。

「半グレともトラブルはなかった……」

「彼らが最近急におとなしくなったというのが気になる。何か理由があるのかもしれない」

「あと四十分あまりで、三人の少年を釈放ですね」

「任意同行で協力してくれたのだから、釈放はおかしい。単なる帰宅だ」

「いずれにしろ、今のままでは何もわかりません」

「いや、いろいろとわかったじゃないか。少年たちは何かを恐れている様子だということがわかった。そして、彼らは最近急におとなしくなって、暴力団員とも半グレともトラブルはなかったこともわかった」

「それで前進と言えるでしょうか」

「前進だよ。検視の詳報は？」

「解剖の結果はまだですが、検視官からの報告は届いています。夜の会議で発表します」

「複数の殴打(おうだ)の跡があり、直接の死因は溺死(できし)だったということだが……」

「はい。私もそのように聞いています」

「捜査員の一人がリンチ殺人のように見えると言っていた」

「それで間違いないだろうと思いますが……」

「だとすると、被疑者は複数ということになる」

「普通に考えれば対抗するグループの仕業ということになるのでしょうが……」

「そういうグループの存在は明らかになっているのか？」

「いいえ。今のところ不明です」

「仲間にやられた可能性もあるな」

「つまり、今事情を聞いている連中ですか？」

「それもあって身柄を引っぱったのだと思っていたが……」

「話を聞けば何かわかると思ったのですが、今のところ彼らからは何も聞き出せません」

竜崎は考え込んだ。その様子を見て、岩井は会釈をして管理官席に戻っていった。

捜査員が続々と戻って来る。時計を見ると、もうじき午後八時だ。上がりが午後八時と決まっているのだろう。

戸高たちの姿はまだ見えない。

八時を過ぎると、岩井管理官が竜崎に言った。

「そろそろ捜査会議を始めたいと思いますが……」

「もう少し待ってくれるか」

その約三分後に、戸高と根岸が姿を見せた。彼らは先ほどと同様に、まっすぐ竜崎のもとにやってきた。

竜崎は言った。

「管理官席に行こう」

竜崎たちが近づいて行くと、岩井管理官が慌てて立ち上がった。先ほど竜崎にプレッシャーをかけにきた仕返しだ。

竜崎は戸高に言った。

「報告を聞こう」

「ほとんど何もしゃべらなかったんですが、一つだけ気になることを言いました」

「何だ？」

「彼らのグループの呼び名です。ずっと、『玉井一派』などと名乗っていたらしいですが、最近呼び名が変わったというんです」

「呼び名が変わった……」

「ええ。『ルナティック』と名乗りはじめたようです」

「ルナティック……。狂気的という意味だな……」

「まさにやつらにぴったりの呼び名ではありますが……」

「おまえは現場で、リンチ殺人のようだと言ったな」

「ええ。誰が見てもそうだと思います」

「岩井管理官は、対抗するグループの仕業ではないかと言っている」

岩井が言い訳するように言った。

「いえ……。まあ、そう考えるのが普通だろうと申し上げただけで……」

「もちろん、それも考えられるが、別の可能性もあり得る。つまり、仲間うちの犯行だ」

三人は何も言わずに竜崎の言葉に耳を傾けている。

「もし、そうだとしたら、事情聴取を受けていた三人の少年が恐れていたのは、自分たちの罪が明らかになることではないだろうか」

戸高が言った。

「だとしたら、少年たちの身柄は拘束しておくべきでしたね」

「証拠があるわけじゃないんだ。いずれにしろ、これ以上の拘束は無理だ」

岩井管理官が言う。

「仲間の犯行の可能性があるとしたら、彼らの監視が必要ですね」

戸高が言った。

「それは、すでに手配済みです」

「手配済み？」

「根岸の同僚の係員が、それぞれ張り付いています」

竜崎はうなずいた。

「刑事組対課のある捜査員が、玉井のグループについて調べると言っている」

根岸が反応した。

「刑事組対課が……？」

「関本課長によると、野球ファンの中の高校野球マニアのような捜査員がいるんだそうだ」

「どうも、違和感があります」

根岸が言った。唐突な言葉のように感じて、竜崎は聞き返した。

「何にどんな違和感があるんだ？」

「少年たちが、自分たちの罪が明らかになることを恐れているというお話に、です。彼らは、そういうことで口を閉ざしていたのではないと思います」

「では、何を恐れているんだ？」

「何か、大きな力を持った存在です」

「根拠は？」

「彼らからは、罪が明らかになることを恐れているような後ろめたさは感じられませんでした」

戸高がうなずいた。

「その点については、俺も根岸に賛成ですね」

刑事は実践的な心理学者でもあると、竜崎は思っている。彼らが尋問の相手から感じ取る事柄は信頼に値する。

岩井管理官が戸高と根岸に尋ねた。

「では、仲間の犯行ではないということかね？」

戸高がこたえる。

「それはまた、別問題です。仲間が玉井を殺した可能性は否定できないと思います
ね」

竜崎は岩井に言った。

「会議を始めよう。今の話を他の捜査員にも伝えなければならない」

「了解しました」

竜崎は幹部席に、戸高と根岸が捜査員席に向かい、岩井管理官が会議の開始を宣言
した。

多数の殴打の跡があることと、直接の死因は溺死であることが、検視報告で、あら
ためて発表された。

捜査員たちが仕入れてきた玉井啓太の評判は、きわめて悪かった。近所の連中は、
彼に近づくことを恐れていた。姿を見ることすら忌避していたと言う者もいた。

暴力沙汰は数知れず、性犯罪も多数あるはずだが、被害者たちは彼を恐れて泣き寝入りだという。

恐喝で昨年八月に少年院送致になったのは、根岸が報告したとおりだ。一般短期処遇で、六ヵ月後の二月に少年院を出た。

再びギャングのメンバーとつるんでいたようなので、少年院でも更生しなかったということだ。

玉井がグループを形成して勢力を誇示するようになったのは、二年ほど前のことらしい。その頃は、敵対グループなどと抗争を繰り返していたらしいが、関本課長が言っていたとおり、このところ鳴りを潜めていたということだった。

一通り報告が終わったところで、竜崎は岩井管理官に言った。

「ちょっと、いいか？」

「どうぞ」

「玉井のグループはかつて玉井一派などと名乗っていたそうだな」

岩井管理官が捜査員たちに尋ねた。

「それについて知っている者は？」

三人の捜査員が手を上げた。その中に根岸が含まれていた。竜崎はさらに質問した。

「彼らが、最近急におとなしくなったということだが、それについて何か知っている者はいるか」

返事がなかった。

誰も知らないものと判断して、竜崎は次の質問をした。

「玉井一派は、最近ルナティックと呼び名を変えたそうだが、それについてはどうだ？」

やはり返事はない。竜崎は、根岸を指名した。

「何か知らないか？」

根岸が起立してこたえた。

「彼らがルナティックと名乗りはじめたことは知っていましたが、理由はわかりません」

「ギャングが呼び名を変えるのは、よくあることなのか？」

「聞いたことがありません。……というか、暴走族は別として、グループの名前などはあまり聞いたことがありません。彼らは小グループを形成していて、たいていは中心人物の個人名で呼ばれます」

「玉井一派のように……？」

「はい。あるいは単に、玉井たち、というふうに……」

「ルナティックと名乗りはじめたのには、それなりに理由があるのではないか？」

「理由は不明です」

「少年係でも把握していないか」

「把握しておりません」

「わかった」

根岸は着席した。

やはり、刑事組対課の捜査員が何かを報告してくるまで待つしかないか……。そう思っていると、岩井管理官が、竜崎に尋ねた。

「ルナティックと名乗りはじめたことが、事件と何か関係がありますか？」

「あるかもしれないし、ないかもしれない。だが、もし、急におとなしくなったという時期と、グループ名を変えた時期が一致するとしたら、その理由が知りたいと思ってな」

「はあ……」

岩井管理官は曖昧（あいまい）にうなずいた。彼はあまり興味がなさそうだ。「進行してよろしいですか」

「それでは、身柄を引っぱった三人の少年の供述について説明してくれ」

捜査一課の捜査員が立ち上がって、三人とも事件については何もしゃべらなかったと報告した。

岩井管理官がその捜査員に質問する。

「仲間うちの犯行という見方もあるが、その点についてはどうだ？」

「当然ついてみましたが、結局供述は得られませんでした」

「罪を犯した後ろめたさのようなものが、彼らからは感じられなかったという声もあるが、それについてはどうだ？」

「何とも申し上げられません」

彼の慎重な態度は評価できると、竜崎は思った。だが、今は慎重な見解よりも、大胆な意見を求めていた。

「私も、今、岩井管理官が言ったような意見があることは知っている。君の印象を聞きたい」

「印象ですか。そういう曖昧な発言は控えたいと思います」

「確実な手がかりにたどり着くためには、捜査員の感覚がものを言うのだと、私は思っている。だから、君の印象が聞きたいんだ。あらためて訊くが、彼らから、罪を犯したことの後ろめたさのようなものは感じられたか？」

捜査一課の刑事は、戸惑ったような表情を浮かべた後にこたえた。

「憶測に基づいた発言はできかねます」

どうも、捜査一課の連中はお行儀が良過ぎると、竜崎は感じた。かつてはそんなことは考えなかったはずだ。

やはり所轄の勤務のせいだろうか。それはいいことなのだろうか、悪いことなのだろうかと、竜崎は考えた。

判断がつかなかった。たぶん、どちらでもない。そう感じること自体は間違ってはいないのだ。そう思うことにした。

「わかった」

竜崎が言うと、その捜査員は一礼して着席した。

「戸高、君はどう思う？」

戸高は、面倒臭そうな表情で立ち上がった。

「おっしゃるとおり、自分は彼らからは、罪を犯したがための後ろめたさなどは感じ取れませんでした」

「何か別のことを感じ取ったということだったな」

「自分が事情聴取した対象者からは、何かを恐れているという印象を受けました」

「何を恐れていると思う？」

「それはわかりません」

竜崎がうなずくと、戸高は着席した。なんで同じことを何度も言わせるのだ、と抗議しているような顔だ。

もし戸高が実際にそう思っても、竜崎はまったく気にしなかった。それだけ、気心が知れているということなのかもしれない。

竜崎はさらに言った。

「非行少年グループの構成員たちが恐れるとしたら、その道のプロである暴力団員や、近年注目を集めている半グレたちではないかという意見もあり、わが署の刑事組対課に調べさせた。その結果、玉井のグループはそのどちらともトラブルなど起こしていないことが判明した。では、彼らは何を恐れているのか。私はそれが気になっている」

多くの捜査員たちが戸惑ったような表情を浮かべている。

彼らを代弁するように、岩井管理官が言った。

「少年たちが何かを恐れているというのは、憶測に過ぎないのではないでしょうか」

「複数の捜査員がそう感じているんだ。無視はできないと思う」

「複数というのは、誰のことです？」

「うちの署の戸高と根岸だ」

「戸高君は、一人の少年を尋問しただけですよね。その少年がたまたま臆病だっただけなのではないですか」

「根岸は、少年係として、全部の少年の事情聴取に立ち会っている。それは、君の指示だったと聞いているが……」

「少年の扱いに間違いがあってはいけませんので……」

「その根岸も、戸高と同様のことを言っている」

先ほど、少年たちの供述について報告した捜査一課の刑事が挙手をした。

「何だ？」

岩井管理官が尋ねると、彼は起立して言った。

「憶測の上にさらに憶測を重ねるようなことは危険だと思います。捜査を誤った方向に誘導しかねませんし、ひいては冤罪を生む恐れもあります」

竜崎は言った。

「官姓名を教えてくれ」

「は……」

相手はとたんに緊張した面持ちになった。

「勘違いしないでくれ。名前を知っていたほうが話がしやすいので訊いただけだ」

「八坂久志（やさかひさし）。警部補です」

年齢は三十代後半だろう。

「捜査は、確証に基づいて進めなければならないことは、私もよく知っている。しかし、確かな手がかりが見つからない段階では、あれこれ推測をして、その蓋然性（がいぜんせい）を検討することも必要なのではないかと思う」

「憶測は予断を呼び、間違った結論を導き出すかもしれません」

「刑事にとって推理は大切なのではないか」

「失礼ながら、言わせていただければ、署長は現場をよくご存じないかもしれません。捜査技術は日々進歩しております」

「キャリアは現場を知らないと思っているんだね」

八坂は、どうこたえようか考えている様子だった。

こういう指摘に対しては、別に腹も立たない。キャリアの仕事は管理だ。一般の捜査員よりも現場のことを知らないのは仕方のないことだ。

「何も知らないくせに……」

そうつぶやく者がいた。その声は、意外なほどはっきりと聞こえた。

戸高だった。

八坂が戸高のほうを見て言った。

「何も知らないだって……？」

「そうだ。署長はこれまで、現場で陣頭指揮を執って、数々の難事件を解決に導いてきたんだ。現場を知らないなんて、まったく的外れなんだよ」

竜崎はその言葉に驚いていた。

まさか、戸高がこんなことを言うとは……。

柄にもなく感動していた。そして、こういう事態に心を動かされている自分にも驚いた。

そのとき、伝令が近づいてきて、竜崎にメモを渡した。

サイバー犯罪対策課の風間課長から電話だという。

竜崎は、岩井管理官に一言断って、受話器を取った。

「竜崎です」

「文部科学省のホームページが改竄されました」

「ハッキングですか」

「もしかしたら、鉄道会社や銀行のシステムに侵入したのと同じ犯人かもしれないと言う者がおりまして……。急遽、専任チームを二十四時間態勢にしました」

「それは、早く田鶴をよこせということですか？」

「ええ、まあ……」

竜崎は、心の中で溜め息をついてからこたえた。

「折り返し連絡します」

そう言って電話を切った。

11

八坂が話をしている途中で、彼はまだ立ったままだった。

電話を切った竜崎は、八坂に言った。

「君の指摘は理解できる。だが、常に時間と人員は限られている。それをいかに効率よく動かすかが、私や管理官の役目だ」

「はい」

「さまざまなことを充分に考慮に入れた上で、指示を出すことを心がけている。だから、それに従ってほしい」

八坂は、一瞬何か言いかけたが、結局は納得するしかないと思ったようだった。

「了解しました」

そう言うと、彼は着席した。

竜崎が岩井管理官を見ると、彼は会議の終了を宣言した。

捜査員たちは、再びそれぞれの持ち場に散っていく。夜中まで捜査は続く。

竜崎が、田鶴に連絡しようと携帯電話を取り出したとき、目の前に八坂がやってきて気をつけをした。

　竜崎は尋ねた。

「何か用か？」

「会議中、失礼なことを申しました。謝罪に参りました。申し訳ありませんでした」

「気にしていない。だから、君も気にしなくていい」

「しかし……」

「指示はする。だが、最終的には現場のことは君たちに任せるしかない。それは理解している」

「恐れ入ります」

「部下に電話をしなければならない。もういいか？」

「あと一つだけ……」

「何だ？」

「筋読みが大切ということでしたので、私の考えを署長に知っていただきたいと思いまして……」

「ぜひ聞かせてくれ」

「自分はあくまで、物的証拠や証言を大切にしたいと思います。状況から考えると、仲間うちの犯行という推理が有力だと考えます」

「仲間うち……？　それは、任意同行で話を聞いた三人のことか？」

「その可能性もありますし、別に仲間がいたのかもしれません」

「なぜ仲間だと思うんだ？」

「抗争ならば、複数の人間が死傷しているはずです。しかし、今のところ死傷者は一名だけ。状況から判断するに、これは私刑（リンチ）であり、私刑（リンチ）は多くの場合、仲間うちの犯行です」

「なるほど、筋は通っている。その可能性も考慮しよう」

八坂は礼をして幹部席の前を離れていった。岩井管理官が慌（あわ）てた様子で近づいてきて言った。

「何事ですか？」

「八坂の推理を聞かせてもらった。彼は状況から考えて、仲間うちの犯行の可能性が高いと考えている」

「はあ……。しかし、実際に三人の仲間から話を聞いた捜査員たちは、そうは思っていないのでしょう」

「引き続き捜査をするしかない」

竜崎は、端末の通話履歴から田鶴の携帯番号を探した。電話をかけると、岩井管理官は会釈をして席に戻って行った。

呼び出し音五回で田鶴が出た。

「はい、署長」

「またハッキングの事件だ。文部科学省のホームページが改竄されたということだ」

「省庁のホームページか……。やりますね」

「警察官が、そういうことを嬉しそうに言ってはいけない」

「あ、別に嬉しいわけじゃないです。それも、鉄道会社や銀行に侵入したやつの仕業でしょうかね」

「わからない。だが、本部のサイバー犯罪対策課では、そのように考えているようだ。専任チームを二十四時間態勢に切り替えたと言っていた。チーム参加は明日からでいいと言ったが、そういう訳で事情が変わった」

「わかりました。すぐに向かいます」

「済まんな」

「へえ……」

「何だ、その、へえっていうのは」

「いえ、署長が自分のような下っ端に謝るなんて……」

「俺だって、申し訳ないと思ったら謝る。上も下もない」

「自分は署長のことを誤解していたかもしれません」

「誤解？　どういうふうに」

「署長は、なんというか……、もっとスクエアな人だと思っていました」

「融通の利かない石頭だと思っていたということだな」

「言葉を変えれば、そういうことですね」

　田鶴はずけずけとものを言う。口調や態度はかなり違うが、言いたいことを言う点では戸高といい勝負かもしれないと、竜崎は思った。

　田鶴も戸高も、警察社会の中では生きづらい性格だ。こういう連中がいるから所轄は面白いと、竜崎は思った。

「じゃあ、その旨、サイバー犯罪対策課の風間課長に伝えておく」

「では、行ってきます」

「頼むぞ」

　竜崎は電話を切ると、すぐに風間課長にかけた。

「竜崎署長。風間です」

「田鶴は、すぐにそちらに向かいます」

「それは助かります」

「同一犯なんですか？」

「鉄道会社と銀行のシステムに侵入した犯人と文科省のホームページを改竄したのが同一人物か、というお尋ねですね？」

「そうです」

「我々は、同一人物だという前提で捜査を進めています」

「根拠は？」

「一つは時期です」

「時期？」

「文科省のホームページの改竄が発見されたのは、今日の午後八時過ぎのことです。鉄道と銀行のシステム侵入が昨日の午前中。連続してシステムに侵入することで、何かを示そうとしているのだと、我々は考えております」

「何かを示そうとしている？」

「はい。自分自身の実力を示し、どこでも攻撃することが可能だということを示しているのだと思います」

「模倣犯じゃないのですか？」

「その可能性もありますが、我々は同一犯と見るべきだと考えております。ハッカーにはそれぞれ独自の手法があります。癖ともいえるでしょう。それがログを見るとわかるのです」

そんなものかと思うしかない。現場のことは担当者にしかわからない。特にＩＴ関係は専門性が高い。

「海外のハッカーの可能性もあるでしょう。中国やロシアは国ぐるみでそういうことをやると聞いたことがあります」

「それも含めて調べています」

「足跡はたどれるんですか？」

「ハッカーは、必ずいくつものサーバーを経由してやってきます。世界中のサーバーを自動的に経由させるソフトがいくつもあります。ですから、難しいですがやるしかありません」

「わかりました。進展があったら、知らせてもらえますか？」

「ええと、それは……」

「何です？」

月

棲

「専任チームの捜査内容は極秘です。サイバー犯罪の情報は、テロ事案扱いですので……」

「そんな話は聞いたことがありません」

「前園生安部長の指示です」

なるほど、そういうことか。

竜崎は思った。

生活安全部は、竜崎にだけは情報を流すまいとしているのだ。署員を吸い上げられ、情報はもらえない。それではあまりに一方的だと思ったが、ここで文句を言っても埒は明かないだろう。

どうしても情報が必要になったら、入手する方法はいくらでもある。

竜崎はそう思って、電話の向こうの風間課長に言った。

「わかりました。極秘とおっしゃるのならいたしかたありません。では、田鶴をよろしくお願いします」

「承知しました」

竜崎は電話を切った。

そして、考えた。

もし、三件のサイバー犯罪が、同一人物、あるいは同一グループの犯行だとしたら、犯人は何を考えているのだろう。

風間課長は、自分の実力を示し、どこでも攻撃することが可能だということを示したのだと言った。

示すだけで、何も要求していない。

だとしたら、ただのいたずらなのだろうか。

ならば、このまま風間たちに任せておけばいい。だが、竜崎は妙に気になった。

携帯電話が振動した。ポケットにしまおうとしてまだ左手に持ったままだった。伊丹からだった。

「はい、竜崎」

「捜査本部の様子はどうかと思ってな。田端課長がこっちにいるってことは、そっちはおまえが見ているということだな」

「俺が捜査本部にいる」

「会議が終わった頃だろう」

「まだ進展はない。ただ……」

「ただ、何だ？」

「大雑把に言うと、二つの筋が並行しているように思う」

「二つの筋？」

「被害者の仲間三人に話を聞いた。事情聴取を担当した者たちは、彼らが誰かをかばっているか、あるいは恐れているようだと言っている」

「恐れている……？」

「それは、暴力団員や半グレではなさそうだ」

竜崎は、伊丹に話しながら、これまでの経緯を頭の中で整理していた。

「じゃあ、何を恐れているんだ？」

「それはまだ、わからない。その一方で、話を聞いた三人も含めた仲間が犯人なのではないかと言う者もいる。状況から考えると、それも充分に考えられる」

「その場合、三人が恐れているのは、警察に捕まることだろう」

「まあ、そういうことになるんだろうが……」

「だろうが、何だ？」

「彼らから話を聞いた担当者によると、罪に対する後ろめたさは感じられないと言うんだ」

「そんなのは、担当者の印象に過ぎないだろう。検事は納得しないし、裁判官も裁判員も判断材料にはしない」

「そうかもしれない。だが、俺はそいつらの眼を信じたいと思っている」

「その担当者って誰なんだ？」

「戸高と根岸だ」

「なるほどな……」

伊丹はうなった。「おまえが信じたいという気持ちはわからんではない。だが、指揮官はもっとリアリストであるべきだ。言っていることがおまえらしくないぞ」

「どういうのが、俺らしいんだ？」

「おまえは、超がつくほどリアリストなはずだ。合理的なものしか認めないんだろう」

そう言われて竜崎は、しばし考え込んだ。

「この場合、戸高と根岸の印象というのも、充分に合理的だと思う」

「説得力がないな。どうも、所轄にいるのが長すぎたようだ。やっぱり異動の潮時だな」

「じゃあ、おまえは、仲間うち犯行説というわけだな」

「断言はできんよ。だが、そちらの説のほうが説得力はある」

「状況はどうにでも解釈できる」

「だから物的証拠が必要なんだよ。防犯カメラの映像などはないのか?」

「ちょっと待て」

竜崎は、携帯電話を顔から離して、岩井管理官に尋ねた。

「防犯カメラの映像などはどうなっている?」

岩井が管理官席で立ち上がった。

「はい。現場には防犯カメラはありませんでしたが、周辺にあったカメラの映像を入手して、現在解析中です」

竜崎は岩井管理官にうなずきかけ、電話の向こうの伊丹に、今の話の内容を告げた。

伊丹が言った。

「その結果待ちだな。犯行当時の映像に、仲間が映っていたら決まりだ」

「そうだな。おまえの言うとおりだ。何か物証を待ちたい」

「明日も一度顔を出すつもりだ。じゃあ……」

「ちょっと待ってくれ」

「何だ?」

「サイバー犯罪の件だ。本部のサイバー犯罪対策課に、田鶴といううちの署員が吸い上げられた。それでいて、前園部長は俺に情報を流さないつもりだ」

「そいつはむかつくな。大体、鉄道と銀行のシステムダウンについて、何かおかしいといち早く気づいたのはおまえじゃないか。それなのに除け者にする気か。俺は、もともと前園は気に入らないんだ」

「まあ、それはおまえの問題だが……」

「だが今は、サイバー犯罪対策課が動いているんだろう？　もう所轄の手を離れたと考えて、放っておけばいい」

「新たに、文科省のホームページが改竄される事件が起きたそうだ。俺は、どうも気になるんだ」

「殺人の捜査に専念するんだ」

「おまえは刑事部長だからそれでいいかもしれないが、俺は署長だから、あらゆる犯罪に眼を配っていなければならない」

「だが今は、捜査本部の副本部長だ」

「おまえが陣頭指揮を執ればいいんだ」

「それができればな……。じゃあ、また連絡する」

「ああ……」

竜崎が電話を切ろうとすると、さらに伊丹の声が聞こえてきた。

「そう言えばおまえ、ポーランドがどうとか言っていたな。あれは何だったんだ……」

「今話すことじゃないだろう」

「気になってな。ついでだから訊いておこうと思って……」

竜崎は、話すべきかどうか一瞬迷った。

相手が伊丹ならいいかと思い、話すことにした。

「邦彦のことなんだ。大学でアニメのプロデューサーか何かになる勉強をしたいと言っていた」

「東大だよな？　そんな学科があるのか？」

「邦彦は今、教養学部の前期課程だ。三年で進む学部を選択することになるが、俺がいた頃にはそんなものはなかったので、俺も詳しくは知らない」

「……で、それとポーランドとどういう関係があるんだ？」

「邦彦がポーランドに留学したいと言い出した」

「どうしてポーランドなんだ？」

「わからない。アニメとポーランドが何か関係しているのかもしれない」

「そんな話は聞いたことがないぞ」

「俺にとっては唐突な話だが、邦彦は以前から考えていたのかもしれない」

「詳しく話はしていないのか？」

「話そうと思っていた矢先に、殺人事件が起きて捜査本部ができた。おそらく、そう急ぐ話じゃないので、事件が片づいたら話そうと思っている」

「そうだな。とにかく事件を解決することだ。じゃあな」

電話が切れた。

竜崎は時計を見た。午後八時五十分だった。

まだ夕食を取っていないことに気づいた。仕出し弁当で済ませることにしたが、どうも捜査本部で食べる気分ではなかった。

弁当を持って署長室に行くことにした。

席を立って、岩井管理官に告げた。

「しばらく署長室にいる。何かあったら連絡をくれ」

「了解しました」

ふと気づいて尋ねた。

「夕食は済ませたのか？」

「いえ、まだです」

「今のうちに済ませておいたほうがいい」

「はい。そうさせていただきます」

竜崎はうなずいて捜査本部をあとにした。

12

署長室の前の副署長席に、貝沼の姿があったので、声をかけた。

「まだ残っていたのか」

「捜査本部ができたりしますと、署内でもいろいろありまして……」

「俺がいない間、署内のことは任せきりだからな」

「それが私の務めです」

「そう言ってもらうと助かる」

脇(わき)を通って署長室に入ろうとすると、貝沼が言った。

「あの……。ちょっとよろしいですか?」

竜崎は立ち止まった。

「何だ?」

「捜査本部のほうは、いかがでしょう」

「大きな進展はないな。捜査員たちは懸命に捜査を続けている」

「ただ知らせを待つしかないのですね」

「それが管理者というものだ」

「私がそういう立場になったばかりのときは、現場を歩き回ったほうがずっと気が楽だと思ったものです」

「俺はあまり現場を知らないから、そういう経験はないな。だが、想像はできる」

こうして立ち話をしている間にも、捜査員たちは駆け回っている。捜査は進んでいるのだ。今さらながら、竜崎はちょっと不思議な気分になった。

貝沼が言った。

「異動の話は本当でしょうか」

「わからん。だが、別に驚くことじゃない。署長が二、三年で代わるのは当たり前だ」

「まあ、おっしゃるとおりなのですが……」

「俺は長居し過ぎたくらいだよ。伊丹にも先ほど、所轄に長くいた弊害があるようなことを言われた」

「弊害ですか……」

「戸高と根岸が参考人から話を聞いた。二人の印象を信頼したいと俺が言うと、伊丹は、俺はもっとリアリストだったはずだと言った」

「署長は今でも充分過ぎるほどリアリストですよ」

「そうだろうか」

「ただ、こちらにいらして視野が広くなられたのだと思います」

「そうだといいのだが……」

「余計な質問をしてしまったようです。何ヵ月か先のことを心配するより、明日のことを考えることにします」

「君もリアリストだな」

「署長から学びました」

竜崎は何と言っていいかわからず、曖昧にうなずき、署長室に入った。茶を入れて弁当を食べはじめた。


九時二十分頃、竜崎が捜査本部に戻ると、岩井管理官が声をかけてきた。

「お戻りですか」

さすがに「気をつけ」の号令はかからなかったが、その場にいた何人かの捜査員は立ち上がった。

岩井管理官は、二人組の捜査員たちと話をしていたようだ。席に戻ると、彼らが近づいてきた。

「どうした？」

竜崎が尋ねると、岩井管理官がこたえた。

「彼らは、被害者の鑑取りをしていたのですが、ちょっとしたトラブルについての供述を得たそうです」

「トラブル……？」

竜崎は捜査員たちを見た。一人は捜査一課、もう一人は大森署の刑事組対課の係員だった。

捜査一課のほうがこたえた。

「トラブルというか、被害者の玉井が誰かを執拗にいじめていたという情報がありました」

「いじめていた……」

「玉井の経歴を見ますと、いじめというより、明らかに恐喝といったほうがいいかもしれませんが……」

「脅して、金品を巻き上げていたということか？」

「そういう具体的なことは聞き出せなかったのですが、玉井のグループは一人の少年をターゲットにしていたようです」

「誰から供述を得たんだ？」

「玉井たちを知っている複数の少年たちです」

「非行少年ということか？」

「どうでしょう。夜に意味もなくコンビニの前に集まっているような連中です。非行少年とまでは言えないかもしれません」

「対立グループとかではないのだな？」

「違います」

「それで、いじめられていたのはどんな少年なんだ？」

「それが、よくわからないのです」

竜崎は眉をひそめた。

すると、岩井管理官が言った。

「おっしゃりたいことはわかります。私も、質問の仕方が甘いのではないかと言っていたところです」

「詳しく聞かせてくれ」

「玉井たちがその少年に関わっていたのは、玉井が少年院に入る前のことです」

「去年の夏に恐喝で補導されたんだったな。その恐喝の被害者が、いじめにあってい
た少年なんじゃないのか？」

「私たちもそう考えたのですが……」

二人の捜査員は顔を見合わせた。その様子を見て、竜崎はさらに怪訝に思った。

「何だ？　そうじゃないのか？」

「恐喝の被害にあったのは、少年ではありません。三十代の男性です。それについて
玉井は、『はめられた』と言っていたそうですが……」

「はめられた……？　罠に掛けられたということか？」

「本人はそう言っていたそうです。しかし、恐喝の被害は明らかで、家裁では言い逃
れをしようとしているのだと判断して、少年院送致にしたわけです」

「誰にはめられたというんだ？」

「それが、そのいじめにあっていた少年ではないかということをほのめかした者がい
ました」

「待て。どうもはっきりしない」

「そうなんです」

岩井管理官が竜崎の言葉にうなずいて言った。「もっと確実な情報がほしいのです

が……」

捜査一課の係員が言った。

「これでもようやく聞き出したのです。話を聞いた連中は、その少年のことになると口を固く閉ざしてしまうんです」

「口を閉ざす？　なぜだ？」

「理由は聞き出せませんでした」

岩井管理官が竜崎に言った。

「まあ、玉井たちは非行グループですから、いじめくらいやっていても不思議はないですね」

大森署の係員が言った。

「玉井なんかに眼を付けられたら、それこそ地獄でしょうね。やつはいっぱしの犯罪者でしたから……」

岩井管理官が言った。

「あまり気にすることはないと、私は思いますが……。非行グループが誰かをいじめていた。それだけのことでしょう。よくある話です」

竜崎はしばらく考えてから言った。

「その少年に、玉井がはめられたという供述が気になる」

　捜査一課の係員が言う。

「供述した少年は、断言したわけではありません」

　岩井管理官が竜崎に言った。

「はめられたというのはつまり、玉井の恐喝がでっち上げられたということですよね」

　竜崎は捜査員たちに尋ねた。

「そうなのか？」

　捜査一課の係員がこたえた。

「いや、そこまではわかりません」

　大森署の係員もかぶりを振る。

　岩井管理官が言った。

「これじゃ噂（うわさ）レベルですね。情報とは言えません」

　竜崎は言った。

「しかし、手がかりであることは間違いない」

「手がかり……」

「ひどいいじめだったとしたら、殺害の動機になり得るだろう」

「事情がよくわかりません」

「恐喝についての事情をよく知っている者がいる」

「誰です？」

「玉井を補導した少年係の係員だ」

竜崎は携帯電話を取り出し、根岸にかけた。

呼び出し音三回で相手が出る。

「はい、根岸です」

「今何をしている？」

「聞き込みの最中です」

「急ぎの用がなければ、すぐに捜査本部に戻ってほしい」

「了解しました」

竜崎は電話を切って、根岸を待つことにした。

午後十時になろうとする頃、根岸が捜査本部に戻ってきた。戸高がいっしょだった。

彼らが竜崎のもとにやってくると、岩井管理官も席を立って近づいてきた。さきほどの二人の捜査員もやってくる。

根岸と戸高は彼らを見て、何事かという顔になった。

竜崎は根岸に言った。

「玉井は、君に補導された件について、『はめられた』と言っていたらしいな」

「家裁でも検察でも、そう主張していたということは聞いています」

「それについてはどう思う？」

「恐喝の事実はありました。被害者の供述調書もありました」

「玉井をはめたのは、ある少年ではないかと示唆する者がいるそうだ」

「ある少年……？」

「玉井グループに眼を付けられ、いじめにあっていた少年がいるらしい」

根岸は平然とこたえた。

「玉井からそういう被害を受けている者は、いくらでもいます」

「彼らは、町にたむろする少年たちから話を聞いたそうなのだが……」

竜崎は、二人の捜査員のほうを見てから根岸に視線を戻し、言った。「玉井グループからいじめにあっていた少年がいたということは供述するらしいのだが、その少年のことになると口を閉ざしてしまうらしい」

根岸が眉をひそめる。

「口を閉ざす……?」

「そうだ。俺はそれを聞いて、君らが話を聞いた玉井の仲間たちのことを思い出した」

竜崎のその言葉に対して、戸高が言った。

「つまり、やつらと同じく、誰かをかばっているか、恐れている、と……?」

竜崎はうなずいた。

「口を閉ざすというのは、そういうことじゃないか?」

戸高が言う。

「だとしたら、この場合、町の少年たちが恐れているのは、そのいじめにあっていた少年だということになりますね」

「そのいじめは、玉井が少年院に入る前のことらしい」

竜崎は根岸に尋ねた。「何か知らないか?」

「そういう事実があったかもしれません。しかし、先ほど申しましたように、玉井からそういう被害を受けている者はたくさんいましたので……」

「調べてみてくれないか」

竜崎が言うと、根岸は戸惑ったような表情を浮かべた。

それを見て、竜崎はさらに言った。

「玉井を補導することになった恐喝について、冤罪だったと言っているわけではない。何か我々が知らない事情があったのかもしれない。それを詳しく知りたいんだ」

根岸は、ややあってからうなずいた。

「了解しました」

戸高が大森署の捜査員に言った。

「どんなやつから、どういう話を聞いたのか、詳しく聞かせろ」

「いいよ」

竜崎は岩井管理官に言った。

「この四人を、この件の専任にする。すぐにかかってくれ」

岩井管理官はうなずいた。

「了解です。ただちに……」

彼らは幹部席を離れ、管理官席に移動していった。

根岸は、玉井からいじめなどの被害にあった者はたくさんいると言っていた。岩井も、非行グループが誰かをいじめたというだけのことだろうと言った。

そうなのかもしれない。

だが、事情を知っているらしい者たちが、いじめられていた少年のことになると皆、口を閉ざすというのが、どうしても気になった。

今はどんなことでもいいから手がかりがほしかった。そして、小さなことだが、今話し合ったことは手がかりに違いなかった。

二人の捜査員もそう思ったから、岩井に報告したのだろうし、岩井も気になるから竜崎に告げたのだろう。

ここから事実をたぐっていけばいい。そのうち真実にたどり着く。

冴子は、伊丹や田端捜査一課長がいない間に解決してしまえと言った。もちろん、冗談だということはわかっている。

そんなことができるはずがない。だが、本当にそれができれば気分がいいだろうと、竜崎は思った。


深夜になっても捜査本部は稼働しつづける。電話が鳴り、それを受けた係員が口頭やメモで管理官に報告する。

その様子を見ながら竜崎は、またしても先ほど副署長席の前で味わったような不思議な感覚を味わっていた。

自分が座っている間にも、大勢の捜査員が歩き回り、必死で捜査をしている。こうしてじっとしている間にも、物事が勝手に進んでいるのだ。

当たり前と言えば当たり前のことなのだが、ふと、改めて考えてみれば、それは実によくできた仕組みだ。

これまで竜崎は、キャリアの仕事は管理だと割り切っていた。そしてそれは、現場の仕事同様に重要だと感じていた。

管理者がしっかりしていないと、現場の者は存分に力を発揮できない。現場をいかに効率よく動かすかが、管理者の役目であり、キャリアはそのために全力を尽くすべきだと考えていたのだ。

今でもその考えに変わりはない。

だが、少しだけニュアンスが変わったような気がする。現場の動きを肌で感じるようになったのだ。

もちろん、個々の捜査員がどこで何をしているかはわからない。全体として、今捜査がどういう局面にあるのか、また、どういう流れなのかということがわかるようになってきたのだ。

すでに柔道場に敷かれた煎餅蒲団にもぐり込んで眠っている捜査員もいる。その一方で、まだ歩き回っている捜査員、そしてパソコンと睨めっこをしている捜査員がいる。

彼らがどこで何をしていようが気にはならない。だが、何を考え、何をしようとしているのかは気になる。

それをしっかり見据えるのが管理者の仕事だと、竜崎は考えるようになっていた。

岩井管理官が幹部席にやってきて、竜崎に言った。

「もう帰宅されてはいかがですか？」

「君はどうするんだ？」

「私はここで待機していなければなりません」

「捜査本部長が不在なんだ。副本部長の俺が席を外すわけにはいかない」

「しかし……」

「君だって休まなければならないだろう」

「私は適当に仮眠を取らせていただきます。何かあればすぐにお知らせしますので……」

自宅のベッドで眠ることができるというのは、なかなか魅力的な誘惑だった。だが、竜崎は断った。

「私は捜査本部から離れる気はない。こうしよう。君が仮眠を取っている間は、私が代わりをやるんだ」

岩井は目を丸くした。

「いえ、そういうわけには……」

「俺はかまわない。そうすれば、交互に休める。合理的だろう」

「それはそうですが……」

「ではそうしよう。先に休ませてもらう。三時に交代しよう」

岩井管理官は言った。

「以前、ご一緒した指揮本部では、署長は自ら前線本部に赴かれたのでした。常に最前線にいらっしゃるのですね」

「別にそう意識しているわけじゃない。捜査の流れを追っているうちに、結果的にそうなってしまうんだ」

「了解しました。ご指示のとおりにいたします。午前三時に交代しましょう」

竜崎はうなずいて立ち上がった。

いくら何でも、捜査員といっしょに柔道場の蒲団で寝る気にはなれなかった。第一、署長がそんなところにいたら、周囲の捜査員が驚くだろう。

竜崎は、署長室のソファで横になることにした。ロッカーには毛布も用意してある。もうじき深夜零時だ。にもかかわらず、警察署の一階は賑やかだった。昼間とは違った喧噪がある。

酔っ払いの声が響き、少年らしい若者同士が言い争いをしている。派手な格好をした若い女性の姿もあった。ラジコン席と呼ばれる無線室から、かすかに通信の声が漏れ出てくる。

竜崎は、ロッカーから毛布を引っ張り出し、それをかぶってソファに横になった。一瞬、何ともいえない安らぎを感じた。自宅で寝るのとはまた別な種類の安堵感だった。

なぜだろうと、竜崎は思った。ベッドに比べれば、決して寝心地はよくない。ドアの外はけっこう騒々しい。

そうか、と竜崎は思った。

ここは、俺の城なのだ。署長は、間違いなく一国一城の主なのだった。

そんなことを思い、目を閉じた。

約束通り午前三時に、岩井管理官と交代しようと、捜査本部にやってくると、管理官席に、根岸と戸高がいた。

「まだ聞き込みをしていたのか？」

竜崎が言うと、根岸、戸高、岩井管理官の三人が一斉に顔を向けた。

戸高が言った。

「根岸の夜回りに付き合わされましてね……」

竜崎は聞き返した。

「夜回り……？」

根岸が言った。

「通常の夜回りではありません。玉井についての聞き込みです」

竜崎は言った。

「わかっている。それで、何かつかめたのか？」

岩井管理官が言った。

「署長が言われたことが正しかったようです」

「俺が言ったこと……？」

「はい。どうやら、何かを恐れているのは、話を聞いた三人だけじゃないようですね」

竜崎は根岸と戸高を見て言った。

「どういうことか、詳しく話を聞かせてくれ」

13

「玉井がはめられたと言っている件について、町の少年たちに片っ端から尋ねてみました」

　根岸が言った。

　戸高は何も言わない。少年に関することなので、根岸に任せるつもりだろう。少年係の根岸に敬意を表してのことか、あるいは、単に報告するのが面倒臭いのか……。

　戸高をあまり知らない者なら後者だと考えるに違いない。彼は無愛想で勤務態度がいいとは言えない。

　だが、竜崎は前者だと思っていた。

　根岸の報告が続いた。

「おっしゃるとおり、町の少年たちは、玉井にいじめられていた者のことをしゃべりたがりません」

「本部捜査一課の捜査員が言っていたとおりだな」

「川合(かわい)さんですね」

「彼は川合というのか？」

竜崎が聞き返すと、岩井管理官がこたえた。

「そうです。川合和也巡査部長です」

そう言えば、玉井の恐喝について専任捜査を命じた四人の中の大森署員についても、まだ名前を確認していなかった。

竜崎は戸高に尋ねた。

「刑事課の係員は何と言ったかな？」

「署員の名前を覚えていないんですか」

「全員は無理だ」

「西沢明夫ですよ。三十七歳、巡査長」

竜崎は戸高に向かってうなずいてから、根岸に言った。

「被害者の仲間の三人と同じような反応だったということだな」

「はい。彼らは明らかに、何かを隠しています」

「誰かをかばっているのか……」

根岸はかぶりを振った。

「かばっているというより、恐れている印象を受けました。それは三人の仲間たちから話を聞いたときよりも強く感じました」

竜崎は戸高に尋ねた。

「おまえは、どう感じた？」

戸高は小さく肩をすくめてから言った。

「俺がどう感じたか、なんて捜査にはたいした影響はないでしょう。大切なのは物証ですよ」

「たしかに物証は大切だ。だが、捜査員の印象も聞いておきたい」

「自分も同じようなことを感じましたよ。やつら、何かにびびっていてしゃべりたがらないんだ」

「玉井は殺害されたのだから、玉井を恐れているということはない。玉井と対抗するような不良はいるのか？」

根岸がこたえた。

「玉井ほどの影響力のある非行少年はいないと思います」

根岸が言うのだから間違いないと、竜崎は思った。

「では、やはり、いじめられていたという少年を恐れているということになるのだろうか……」

戸高が言った。

「いじめているやつを恐れるというのならわかりますが、いじめられているやつを恐れるってのは、いったいどういうことです？」

言われて竜崎は考えた。

戸高が疑問に思うのも、もっともだ。たしかに説明がつかない。岩井管理官も、話を聞いて怪訝そうな顔をしている。

竜崎は言った。

「だが、いじめる側だった玉井が殺害されたんだ。そして、それについて少年たちが口を閉ざしている。つまり、いじめられる側が何か問題なんじゃないのか？」

戸高がまた、肩をすくめる。

「普通に考えれば、玉井を殺害したやつにびびっているってことでしょう」

竜崎は言った。

「いじめられていた少年が、玉井を殺害したのかもしれない」

戸高がしばらく考えてから言った。

「状況が合いません」

「どういうことだ？」

「玉井は、複数の人間に殴打(おうだ)され、溺死(できし)しているんです。いじめられている少年が、いじめている相手にそんなことができるとは思えません」

　それも戸高の言うとおりだった。

　そんな仕返しができるのだったら、はなからいじめになどあっていないだろう。

　誰が玉井を殺害したのか。そして、玉井の仲間や、町の少年たちは、いったい何を恐れているのだろうか。

　竜崎が考え込んでいると、根岸が言った。

「事件と直接関係あるかどうかわからないんですけど……」

「何だ？」

「大森署管内やネット上で、若者たちの話題になっていることがありまして……」

「どんなことだ？」

「『ルナリアン』が支配する。そんな言葉がよく見られるんです」

　竜崎は思わず眉をひそめた。

「それはどういう意味だ？」

「一種の都市伝説のようなものだと思うのですが……。誰もルナリアンの支配を逃れることはできない。いずれ、世界はルナリアンに支配されてしまう……。簡単に言うと、そんな話です」

竜崎は、ぽかんとしてしまった。

「何の話だ。まったくわけがわからない」

「そうなんです」

珍しく、根岸が困惑したように言う。「ちょっとニュアンスがわからないと伝わらないのですが……」

「君は理解しているのか？」

月　「何となく……」

「わかりやすく説明してくれるか」

「ごく簡単に言うと、若者たちはルナリアンを恐れているのです」

「なぜだ？」

棲　「自分たちの力が及ばない、絶対的な存在という概念で捉えているのです」

「都市伝説と言ったな？　では、それは実在しない存在なのか？」

「それがわからないのです。ある特定の人物のハンドルネームだと言う人もいますし、あるグループの名前だと言う人もいます。また、署長がおっしゃるように、実在しないと主張する者もいます」

「君はどうして今、そのルナリアンについて触れたんだ？」

その質問にこたえたのは、戸高だった。

「玉井の恐喝について、いろいろと聞き回っていたら、少年たちからその名前が出たんです」

「ルナリアンという名前が？」

「そうです」

「どういう文脈で？」

「少年の一人が冗談めかして、こう言いました。玉井も怖かったけど、ルナリアンはもっと怖い……」

竜崎は再び眉をひそめる。

「それは冗談なんだろう？」

「まあ、そうだと思いますが……」

戸高がちらりと根岸のほうを見た。

竜崎は根岸に尋ねた。

「君はそれが気になっているというわけか」

根岸はうなずいた。

「はい。なぜか、ルナリアンの存在が気になるのです」

竜崎はどうも理解できなかった。若者はいったい、何に恐怖を感じているのだろう。考えながら言った。

「ルナリアンというのは、月世界の人という意味だな……」

「はい」

根岸がこたえる。「月理学者、つまり月について研究している学者のことも指しますが……」

そこに、捜査一課の川合と大森署刑事課の西沢がやってきた。

川合が言った。

「ただいま戻りました」

岩井管理官が川合に尋ねた。

「どうだ？　聞き込みのほうは……」

「やはり、若者たちは玉井のいじめについては話したがりませんね」

竜崎は川合に尋ねた。

「ルナリアンについて聞いたことはないか」

「ええ、あります」

川合が少しばかり困惑したような表情で言う。「どうしてそれを……」

「根岸が気にかけている」

川合は根岸を一瞥してから言った。

「話を聞いた少年の一人が、こう言いました。玉井を殺したのは、ルナリアンじゃないか、って……」

「ルナリアンというのは、実在しないという話もあるが……」

「ですから、その少年は本気で言ったわけではないと思いますが……」

それを補足するように、大森署の西沢が言った。

「ルナリアンが本当にいるかどうかは別として、その話をした少年は、本気で怯えている様子でしたね」

竜崎は川合と根岸を交互に見て言った。

「ルナリアンの話を聞いた相手が同一人物ということは?」

川合と根岸は名前を確認しあった。そして、川合が言った。

「別の人物ですね」

「つまり、複数の人間からその話を聞いたということだ」

岩井管理官が言った。

「でも、あくまでネット上の噂でしょう」

竜崎はこたえた。

「実在の人物のハンドルネームかもしれないし、グループの名前かもしれないと、根岸が言った。その可能性もおおいにあるのだろう？」

根岸がこたえる。

「はい。そういう書き込みもあります」

岩井管理官は、苛立たしそうに言った。

「そんな話よりも、玉井の恐喝の件はどうなったんですか。はめられたというのは、どういうことでしょう。たしか、根岸は恐喝の現場を押さえたと言いましたよね」

竜崎が根岸に尋ねた。

「そのときの状況を、詳しく話してくれ」

「いつもの夜回りの最中に、玉井の姿を見つけました。かねてからマークしていましたから、私は彼を尾行しました」

竜崎は尋ねた。

「姿を見かけただけで尾行したのか？」

「行く先々で、必ず何かをしでかす……。そんな少年でしたから……」

「そのとき、玉井は一人だったのか？」

「一人でした。彼は、ギャングのリーダーと言われていましたが、単独行動することも多かったのです」

「そして、君は恐喝の現場に遭遇したということだな」

「場所は、大森駅近くのアーケード街にある薬屋の前です。時刻は午前二時を過ぎていたので、その店のシャッターは閉まっていました。そのシャッターの前で、玉井は恐喝の被害者と会いました」

岩井管理官が尋ねた。

「午前二時過ぎとはいえ、駅前のアーケード街だ。人目があったんじゃないのか？」

「それでも玉井は気にしません。彼が姿を見せるだけで、他の少年たちは姿を消しますし、大人だって誰も関わろうとはしません」

「それで……？」

竜崎が先をうながすと、根岸が続けた。

「相手の三十代男性は、明らかに怯えた様子でした。男性が封筒を取りだし、玉井に渡すと、玉井は相手をシャッターに押さえつけるようにして何事か話しました。その時点で私は声をかけました」

「玉井はどうした？」

「その時は何も言いませんでした。ただ、こちらを睨みつけているだけでした」

「玉井が手にした封筒には何が入っていた？」

「現金です。一万円札で五十万円」

「被害者は、恐喝だと言ったのだな？」

「はい。被害を申し出ました。録取にも応じ、拇印を押しました」

竜崎は、岩井管理官に言った。

「経緯としては問題ない」

岩井管理官が根岸に尋ねる。

「少年院に送られたということは、逆送はされなかったんだね？」

「検察には送られませんでした」

「札付きなのに？」

「罪状が傷害や殺人ではなく、恐喝でしたし、家裁の処分は初めてでしたから……」

意外に思って、竜崎は思わず聞き返していた。

「初めてだって？」

「そうです。なかなか尻尾を出さないんです。とても狡猾でしたし、取り巻きが罪をかぶったりしましたので……」

「だが、恐喝であっさり君に補導された……」

「私も意外でした。手強い相手が、あっさり検挙されてしまったのですから……」

「本人もはめられたと言っていたんだな？」

「はい。補導した直後の取り調べでも、家庭裁判所の面接でも、そのようなことを言っていました。しかし、言い逃れできる状況ではなく、被害者の録取書もありましたので……」

竜崎は考え込んだ。

根岸に落ち度があるとは思えなかった。彼女が見た状況は明らかに恐喝の現場だ。それを見逃したとしたら、そちらのほうが問題だ。

戸高が言った。

「あらかじめ、金を用意させたんですね」

「何だって？ あらかじめ用意させた……？」

竜崎は虚を衝かれた思いで尋ねた。

「だって、そうでなければ、三十代の男が五十万円もの金を、午前二時に現金で持ち歩いているとは考えにくい」

捜査一課の川合が言った。

「それはわからないぞ。三十代だって稼いでいるやつはいる」

竜崎は根岸に尋ねた。

「恐喝の被害者の職業は？」

「運送会社の社員です」

「その業種を低く見ているわけではないが、五十万円ものキャッシュを持ち歩くとは思えないな」

竜崎のその言葉を補うように、戸高が言った。

「被害者は金を財布ではなく、封筒に入れていたんでしょう？　それは玉井に渡す事を前提に用意したということでしょう」

竜崎は根岸に尋ねた。

「そのへんは、どうなんだ？」

「メールで脅されて呼び出されたと言っていました。さらに、金を持ってくるようにSNSのメッセージで指示された、と……」

「SNSか……」

世の中は、個人情報の扱いに対して神経質なくらいに敏感になった一方、SNSでダダ漏れ状態になっている。

竜崎は、昔がすべてよかったとは思っていない。テクノロジーの発達は歓迎すべきだし、その恩恵を享受（きょうじゅ）できるのはいいことだ。たしかに、いつ誰とでも連絡が取れる環境が整っている。

昔は、ＳＮＳはもちろん、携帯電話もなかったから、知り合いと連絡を取るのも一苦労だった。それでも、人々はあまり不自由を感じていなかった。

おおらかな時代だったのだろう。竜崎は、自分がいつ携帯電話を持つようになったのか、よく覚えていない。

おそらく、警察庁に入ってからのことだろうと思う。当時は仕事にしか使っていなかった記憶がある。

今では、竜崎も妻や子供との連絡にＳＮＳを使うことがある。頻度はそれほど多くないが、かつての携帯メールよりはずっと便利だと思っていた。

便利な分、犯罪に利用されることも多い。

捜査一課の川合が尋ねた。

「何のネタで強請（ゆす）られたんだ？」

「よくある話で、知り合った女性が、玉井の彼女だと言われたそうです」

「美人局(つつもたせ)か……。よくある話だが、効果的だ。玉井はそれを認めているんだな？」

その質問に、根岸はすぐにはこたえなかった。

竜崎は気になって確認した。

「いや、玉井は認めなかったと言ったな。はめられたんだと……」

「そうです。玉井は認めませんでした」

「その女性は、本当に玉井の交際相手だったのか？」

「たしかに、知り合いの女性だったようです。しかし、交際相手と言えたかどうか……。女性のほうも、玉井とは付き合ってはいないと言っていました」

川合が言う。

「まあ、実際に交際相手でなくても、美人局は成立するからな……」

根岸が戸惑ったような間を取ってから言った。

「実は、その女性は恐喝の事実を知らない様子でした」

川合が眉(まゆ)をひそめる。

「何だって……？」

「被害者の三十代男性と知り合って、食事をしたことは事実のようでした。しかし、彼女に言わせれば、ただそれだけのことだったようです」

川合がさらに尋ねる。

「それはいったい、どういうことなんだ？」

「家庭裁判所では、玉井が被害者男性とその女性が知り合って食事をした事実をたまたま知り、それを恐喝に利用しようとしたのだろうと考えました。金の受け渡しの瞬間を押さえたのですから、恐喝の事実はあったのです」

「だが……」

戸高がつぶやくように言った。「玉井は、はめられたと言っているわけだ」

根岸は、抗議するように言った。

「玉井のこれまでの言動を知っていれば、彼の罪を疑うことはないと思います」

竜崎は時計を見た。午前三時半を過ぎていた。岩井管理官は疲れた顔をしている。

竜崎は言った。

「しばらく私が捜査本部を見ているから、岩井管理官は休んでくれ」

「いや、しかし……」

「そういう約束だったはずだ。だから俺が先に休んだ。午前八時の会議までには起きてきてくれ」

岩井は、それ以上抵抗を見せなかった。

「わかりました。そうさせていただきます」

竜崎は、四人の捜査員に言った。

「おまえたちも、休め。考えなければならないことが山ほどある。仮眠をとって頭をすっきりさせるんだ」

根岸が何か言おうとした。竜崎はそれを制するように、先に言った。

「これからまた夜回りに出る、なんて言い出すな。捜査本部がいつまで続くかわからない。長丁場になるかもしれないんだ。休めるときには休んでおくんだ」

岩井管理官と四人の捜査員は、礼をして管理官席を離れ、竜崎は幹部席に戻った。

14

時折電話が鳴るが、未明の捜査本部は比較的静かだった。残っている捜査員も少ない。

伝令が駆け寄ってくることもない。捜査本部は二十四時間態勢だ。だが、すべての時間でフル稼働しているわけではない。おのずと活動には波がある。

世の中が動いていない時間帯は、必然的に捜査本部の動きも停滞する。

午前四時。おそらく今が一番静かな時間だ。その停滞の中で、竜崎はふと、田鶴と連絡を取ってみようかと思った。

特に用があるわけではなかった。本部のサイバー犯罪対策課の専任チームにうまく溶け込んでいるだろうか。

よけいなことかもしれないが、それが少しばかり気になっていた。風間課長の思惑が、今一つはっきりしない。

田鶴が風間から冷遇されるようなことがあれば、黙っていないつもりだった。

サイバー犯罪対策課の専任チームは二十四時間態勢になったと、風間が言っていた。

ならば、どんな時間に連絡してもだいじょうぶだろうと思った。

田鶴の携帯電話にかけると、呼び出し音五回で出た。

「署長……。どうしたんです？　こんな時間に……」

「こんな時間でなければ、君に連絡する余裕がなかった」

「何か……？」

「どんな様子かと思ってな」

「はあ？」

田鶴のぽかんとした顔が浮かんだ。

いや、正確に言うと田鶴の顔を覚えているわけではなかった。この間電話ではよく話をしたが、直接会ってはいない。署員なのだから、見かけたことはあるはずだが、はっきりとその風貌(ふうぼう)を認識していたわけではない。

署員の名前と顔をすべて把握している署長もいるかもしれないが、そんなことに時間と労力を割くなら、もっと別にやるべきことがあると、竜崎は思っていた。

田鶴の顔というより、その表情のイメージが頭に浮かんだに過ぎない。

「つまり、捜査の進展具合について知りたいんだ」

竜崎はごまかした。

どういう扱いを受けているか、とは訊きづらかった。

「三件の連続事件と見ていいでしょうね」

田鶴の口調は自信に満ちていた。

「物証はあるのか？」

「いずれにしろ、ネット上でのことですので、物証と言われるとちょっと首を傾げますが、犯人の痕跡が見つかるのは、時間の問題だと思います」

「なかなか手強い犯人なんだろう？」

「当然、発信源をたどれないように、いくつものサーバーを迂回させてますし、痕跡を消そうとしています。しかし、百パーセント消せるもんじゃないし、迂回路だってなんとか突きとめられます」

「まさか、違法なことはしていないだろうな」

「解釈によるでしょうね。警察官なんですから、実力行使はしますよ。その意味では、機動隊なんか見ると、自分らの比じゃないでしょう」

「警備事案と犯罪捜査は違う。捜査は令状主義だ。裁判所の許可がないと強制捜査はできないんだ」

「ハッカーが何のためにいるか、ちょっと考えてみれば、おのずとこたえは出ると思いますよ」

ここで、田鶴と令状主義について議論するつもりはなかった。

竜崎は、ふと思いついて尋ねた。

「君は、ルナリアンを知っているか？」

「ああ、知っていますよ。掲示板やＳＮＳで話題になっていますよね」

「どう思う？」

「え……。署長は俺に何が訊きたいんです？」

「例えば、ルナリアンは実在の人物かどうか、とか……」

「えーと……。お互いに仕事中だと思うんですが……。こんな話をしている場合じゃないでしょう」

「数分の息抜きはかまわないだろう」

「ええ、まあ……。署長がそうおっしゃるのなら……。ルナリアンが実在の人物かどうか、ですね。ええ、俺は実在していると思っています」

「カリスマ的な存在のようだな」

「噂が一人歩きしているようなところがありますね。ネットの住人たちが面白がっていろいろなキャラクターやエピソードをくっつけているんです。それ自体がゲームのようになっていますね」

「ゲームのよう？」

「俺がルナリアンについて、その筋の掲示板に書き込んだとします。例えば、ですね。六本木で半グレをやっつけた、とか……。それが、ネットの住人の興味を引けば、それについてのコメントが増えます。評判になれば、新しいスレッドが立ち、さらに書き込みが増える。そうなればいわゆる『祭り』という状態です。最初の書き込みをした俺は、達成感を味わえる、というわけです」

「そんなことが楽しいのか？」

「誰でも、世間に認められたいという願望はあるんですよ。自分の書き込みがネットの住人たちの評判になるというのは、一種のオーソライズです」

「なるほど、ルナリアンは、そういう書き込みのおかげでカリスマになったということなんだな？」

「そうですね。おそらく、当初ルナリアンはただのハッカーに過ぎませんでした」

竜崎は驚いた。

「ルナリアンはハッカーだったのか？」

「おそらく現役ですよ。ただ、ハッカーというのは、自己申告しない限りどこで何をやったのかわからないわけです」

「ルナリアンは、自己申告するのか？」

「一年ほど前には自己申告していましたね。そうでないと、ハッカーとして名を売ることはできません。でも、その後はその必要がなくなりました。ハッキングの事件が起きるたびに、ネット上で、ルナリアンの仕業だと話題になるようになったのです」

月「ルナリアンはそんなに頻繁にハッキングをしていたのか？」

「本当にルナリアンの仕業でなくていいんです。そうらしいという書き込みがあれば、掲示板やSNSは盛り上がっていきます」

月「ルナリアンは、若者たちに恐れられているようだな」

「カリスマってそういうもんでしょう。さっきも言いましたが、噂が一人歩きしているんです」

棲「書き込みは面白半分だということだな」

「大半の書き込みはそうでしょう」

「ハッカーが恐れられる理由が、今一つぴんと来ないのだが……」

「たとえば、俺は、署長のSNSのアカウントを乗っ取って、好き勝手にいろいろな人にメッセージを送ることができます。誰かを怒らせることも、誰かに嫌われるように仕向けることも可能です。さらには、クレジットカードの情報を入手して、ネットでとんでもない金額のものを購入することも可能です。あるいは、銀行のシステムに侵入して、預金を空にすることもできるかもしれません。それって、怖いでしょう」

「預金を空に……？」

「まあ、銀行のシステムはおそろしく堅牢なので、苦労はするでしょうが……。でも、最近はネットバンキングが盛んなので、つけいる隙はあると思いますよ」

「事実、今回も誰かが銀行のシステムに侵入していたな」

「事務系のシステムだったので、直接顧客の口座に触れるようなことはなかったんですけどね。でも、一つのシステムに侵入できたということは、口座を管理するシステムに入ることも不可能ではないということです。もっと言えば、天才的ハッカーなら、そういう個人規模の話だけでなく、さらに大きな被害を引き起こすこともできてしまうんです」

「具体的には？」

「たとえば、株式市場や送電網、信号や給水設備など、社会的インフラシステムの制御のもとになっているデータが改竄されれば、国家全体が大混乱に陥る恐れだってあります」

「それはたしかに恐ろしいな」

「まあ、そんなことをやってのける頭脳と悪意のあるハッカーがいればの話ですが……」

「ルナリアンが、もともとハッカーだったという話は驚きだった。なんだか、ハッカー絡みの話題が多い」

「そういう時代なんじゃないですか」

「そうかもしれない。ところで、そっちの待遇はどうなんだ？」

「当番制で問題なくやっています。まあ、シフトどおり休んでいるやつは、そんなにいませんけど……」

なんとかやっているということだろう。言葉のニュアンスからすると、チームに溶け込んでいるように感じた。

竜崎は言った。

「何かわかったら知らせてくれ」

「風間課長からお聞きになったほうがいいんじゃないですか」

「俺は大森署員から直接聞きたい」

「わかりました」

竜崎は電話を切った。

岩井管理官がやってきて、竜崎に言った。

「おはようございます。おかげでぐっすり眠れました」

「もっと休んでいればいい」

「しかし、もうじき捜査会議の時間です。たぶん、田端課長がやってきます」

竜崎はそう言われて時計を見た。

「もうそんな時間か……」

田端課長が入室してきて、竜崎以外の全員が起立で迎えた。

田端課長が幹部席に着席してから竜崎に言った。

「早いですね」

「帰っていませんから……」

田端課長が驚いた顔で言った。

「徹夜ですか？　昨夜はそんなに緊迫していましたか」

竜崎はかぶりを振った。

「岩井管理官と交代で休みました。誰か責任を取れる者がいなくてはならないと思いましてね」

田端課長は、少しばかり後ろめたそうな顔になった。

「署長はてっきり帰宅したものと思っていました。では、今日は私が捜査本部に詰めますので、署長は帰宅なさってください」

「状況を見て判断します」

岩井管理官が会議の開始を宣言したとき、戸口で声がした。

「いやあ、遅くなってすまん」

伊丹だった。

捜査員は、慌(あわ)てて立ち上がる。田端課長も立っていたが、竜崎だけは座ったままだった。

伊丹が幹部席の前を横切り、竜崎の隣に腰を下ろす。

「会議は始まったばかりだな?」

伊丹が竜崎に尋ねた。竜崎はうなずいた。

「そうだ。まさか、部長のおまえが来るとは……」

「俺は捜査本部長だぞ。来るのが当たり前だろう」

「それはそうだが……」

会議が始まる。岩井管理官が、昨夜の捜査会議以降にわかった事実を捜査員たちに報告する。

話を聞き終えると、伊丹が言った。

「玉井がはめられたというのは、つまり、恐喝自体がでっち上げだということか？」

岩井管理官がこたえた。

「いえ、恐喝の事実は成立しております。被害者の供述もありますし、金の授受の現場を押さえたのですから……」

伊丹が何事か考えながら言った。

「その被害者が玉井をはめたということじゃないのか？」

「いや、それは……」

岩井管理官が言い淀んだので、代わりに竜崎が言った。

「その被害者はたしかに脅されていたんだ。ＳＮＳのメッセージで、金を持ってくるように指示されたということだ」

「だから、それ自体が狂言なんじゃないのか？」

「その件に直接関わっている者がいる。話を聞くか？」

「誰だ？」

竜崎は言った。

「根岸。玉井を補導したときの状況を、説明してくれ」

根岸は立ち上がり、未明に竜崎たちに話したことを繰り返した。内容はまったく同じだった。

伊丹が尋ねた。

「恐喝の被害者が嘘を言っているということはないのか？」

「そんな印象はまったくありませんでした。恐喝の被害者は、事実女性と食事をしていますし、その女性は玉井の知り合いでした。そして、五十万円を玉井に渡したことは事実でした」

竜崎は言った。

「だから、家庭裁判所が少年院に送ることを決めたんだ。捜査員に落ち度はない」

伊丹は顔をしかめた。

「誰も、おたくの署員を責めようなんて思っていないよ。じゃあ、家裁は玉井の主張を認めなかったということだな」

「そういうことになる」

「そして、玉井は亡くなった。真実は藪の中、か……」

竜崎は、根岸を着席させてから、伊丹に言った。

「一つ気になることがある」

「何だ？」

「ルナリアンという人物、というか、存在が若者たちの間で話題になっている」

伊丹が怪訝そうな顔を向ける。田端課長も同様の表情だった。

伊丹が言った。

「ルナリアン……？　何だそれは」

「もともとはハッカーだったらしいが、ネット上で話題にされるうちに、だんだん尾ひれがついて、カリスマ的な存在になったということだ」

伊丹がさらに訝しげな表情になった。

「そのルナリアンとやらが何だと言うんだ」

「ルナリアンが玉井を殺したのではないか、という供述があった」

竜崎は、捜査一課の川合を見て確認した。「そうだな？」

川合が困惑した顔で立ち上がった。

「たしかに、そう言った少年はいましたが、本気で言ったとは思えません」

それを受けて、竜崎が言った。

「根岸と戸高も、聞き込みの最中にその名前を聞いていたな」

戸高が根岸を見た。おまえがこたえろ、という眼差しだ。

根岸が再び立ち上がって言った。

「はい。聞きました。少年の一人がこう言いました。玉井も怖かったけど、ルナリアンはもっと怖い、と……」

伊丹が言った。

「たかがハッカーが、どうしてそんなに恐ろしいんだ？」

竜崎は、田鶴の話を思い出しながら言った。

「現代社会では、ハッカーは恐ろしいよ。例えば、おまえを経済的に破滅に追いやることができるし、人間関係を破壊することもできる」

「ほう……」

「今では、銀行口座や住民情報、社会的インフラのシステムなんかも、コンピュータで管理されている。また、人間関係は、ＳＮＳなどネット上のサービスに依存する割合が増えつつある」

「まあ、それは理解できないでもない。しかし、だからといって、若者たちが怯える必要はない」

「畏怖の対象を求めているのだと思います」

根岸が言うと、伊丹が聞き返した。

「何だって？」

「今の少年たちにとって、両親も学校の先生も、それほど恐ろしい存在ではなくなりました。快適な生活のはずなのに、なぜか強大な存在に支配されることを望んでいるように思えるのです。それは日本人が持つ……、いえ、人類が持つ共通の隠れた願望なのかもしれません」

「若者は、そういう対象としてルナリアンを作り上げたということか」

「そうです。まさに作り上げたのです。ルナリアンは、多くの書き込みやコメントによって、その存在を大きくしていったのです」

伊丹は、我に返ったように言った。

「少年たちも、本気でルナリアンが事件に関係していると考えていたわけではないだろう」

まだ立ったままだった川合がこたえた。

「はい。冗談だと自分は感じました」

続いて、根岸がこたえる。

「しかし、少年たちが何かを恐れていることは間違いないんです」

伊丹が尋ねる。

「その恐れの対象がルナリアンだと言うのか？」

「その可能性はゼロではないと思います」

伊丹がかぶりを振った。

「雲をつかむような話だ。いずれにしろ、確証が必要だ」

竜崎は、その言葉を受けて、伊丹と田端課長に言った。

「事後報告になるが、川合、戸高、西沢、根岸の四人を、玉井の恐喝についての専任にした」

伊丹が言った。

「問題ないんじゃないか」

田端課長がうなずく。

「了解しました。私も問題ないと思います」

岩井管理官が捜査員たちに言った。

「他に何か……？　なければ、これで会議を終了する」

その声を待っていたように、斎藤警務課長が入室してきた。竜崎に近づき、小声で告げる。

「警察庁から呼び出しです」

「警察庁のどこだ？」

「長官官房人事課です」

それが聞こえたらしい。伊丹が言った。

「いよいよ来たか」

斎藤警務課長が不安気に竜崎を見ていた。

15

「今は捜査本部ができていて、集中捜査の真っ最中だ。すぐには行けない」

竜崎は、斎藤警務課長に言った。「そう伝えろ」

「あの……。先方は警察庁の長官官房ですが……」

「どこだってかまわない。人事より捜査が優先されるべきだろう」

「はあ……」

斎藤警務課長は、それでも不安そうな顔をしている。小心者の彼をこれ以上責めても仕方がない。

「俺が電話する。相手は誰だ？」

「人事課長です。梅津(うめづ)というお名前でした」

「梅津久則(ひさのり)だな。彼なら知っている。今、人事課長なのか……」

キャリアは異動が多い。二、三年で異動することも珍しくはないのだ。優秀な者はあっという間に出世していく。

伊丹が言った。

「梅津か……。俺たちの一期下だな」

斎藤警務課長が竜崎を見てしみじみとした口調で言う。

「長官官房の課長が、署長の後輩でしたか……」

「別に驚くことはない」

「いや、普通は驚きますよ」

「直接、梅津課長と話す。だから、心配いらない」

「わかりました」

斎藤警務課長は、そう言うと竜崎と伊丹の二人に礼をしてその場を去っていった。

伊丹が竜崎に言った。

「ちょっと抜けて行ってくればいいじゃないか。内示だろう」

「言っただろう。人事よりも捜査が優先だ」

「俺もいるし、田端課長もいる」

「二人とも出たり入ったりだろう。岩井管理官の負担が大きくなる」

「おまえがいない間くらい、俺も田端課長もここにいられるさ」

伊丹が顔をしかめる。

「いや、捜査本部を抜けて人事の話をするなんて、俺の常識では考えられない」

「警察庁の人事課長の呼び出しを後回しにすることのほうが考えられないと思うけどな」

「とにかく、電話してみる」

警察庁長官官房の電話番号はまだ忘れていない。竜崎は携帯電話からかけた。

梅津課長に取り次いでもらい、しばらく待たされた。

「梅津です」

「大森署の竜崎です。私をお呼びとのことですが、今は手が離せません」

「竜崎署長。わざわざお電話いただき、恐縮です。ぜひ早いうちにお話ししたいことがありまして……」

「大森署に殺人事件の捜査本部ができています。そういうわけで、署を離れるわけにいかないのです」

「こちらも猶予はならない状態です」

「事件に目処がつくまでお待ちいただくしかありません」

「どのくらいかかりそうですか？」

「まったくわかりません。今日解決するかもしれないし、何年もかかるかもしれません。もちろん、早期解決を目指していますが……」

しばらく間があった。

「では、私のほうからお訪ねすることにしましょう」

「人事課長ご自身がですか？」

「署長は私の一期上です。私は後輩ですから……。話はすぐに済みます」

「合理的な判断だと思います」

「これからすぐにうかがおうと思いますがいかがですか？」

「こちらは何時（いつ）でもかまいません。ただし、捜査の進捗（しんちょく）状況によってはお会いできないこともあるかもしれません」

「警察で働いているのですからね。心得ています。では、後ほど……」

「はい」

竜崎は電話を切った。

伊丹が尋ねた。

「何だって？」

「今は行けないと言ったら、向こうから訪ねて来るということだ」

「そいつは驚いたな。まさか、長官官房の人事課長がわざわざ足を運んでくるなんて……」

「用があるほうが訪ねて来る。当たり前のことだ」

「特別な人事なのかもしれない」

「人事に特別も何もあるか」

「おまえの神経はいったいどうなっているんだろうな。誰だって人事異動となれば平静ではいられない。昔、福島に行けと言われたとき、俺はたいへんなことになったと思った」

かつて伊丹は、福島県警で刑事部長をやっていたことがある。

伊丹の人事異動という言葉に、田端課長が反応していた。聞き耳を立てている様子だ。誰もが人事には無関心でいられないのだ。

竜崎は言った。

「どこにいたって、やることは同じだ」

「まあ、おまえならそうだろうな」

竜崎は田端課長を意識して、話題を変えた。

「ルナリアンについて、どう思う？」

「ネットで話題になっているというだけだろう。ただの都市伝説だよ」

「最初俺もそう思ったが、どうも妙に事件と絡んでくるような気がする」

「少年の何人かが、面白半分にその名前を口にしているに過ぎない。事件に絡んでいるとは言えないだろう。君はどう思う？」

伊丹は田端課長に言った。

「は……？　何ですか？」

「ルナリアンだよ。竜崎署長は事件に関わりがあるかもしれないと言うんだ」

「事件に関わりですか。そもそも、実在しないかもしれないんでしょう？」

「そうだな。実在しないものが事件に関わることはできない」

竜崎は言った。

「名を騙ることもできる」

伊丹が言った。

「ルナリアンの名を騙ることで、何のメリットがあるんだ？」

「カリスマ性を利用することができる」

伊丹は考え込んだ。

田端課長が言った。

「玉井は、地域の不良たちの間ではビッグネームだったんですよね。それに対抗するためには、さらに大きな存在を利用する必要があったということでしょうか」

伊丹が言った。

「つまり、虎の威を借りて玉井を殺害したということか……」

竜崎は二人の発言について、黙って考えていた。

虎の威を借る狐か……。どうもぴんとこなかった。

田端課長が言った。

「私は、玉井がはめられたと主張していたことが気になりますね。もし、玉井が誰かに罪を着せられたのだとして、さらにそれが殺害につながるのだとしたら、長期にわたる計画的な犯行ということになります」

竜崎はうなずいた。

「その可能性はおおいにあると思う」

伊丹が言った。

「恐喝については、現行犯だったんだろう？　根岸が現場を押さえたんだよな？　はめられたというのは単なる言い訳じゃないのか？」

竜崎は言った。

「綿密な計画があれば、恐喝に見せかけることも可能かもしれない」

「どういうことだ？」

竜崎は考えながらこたえた。

「根岸が見たのは、被害者が現金五十万円が入った封筒を玉井に手渡したところ。そして、玉井が恐喝の被害者をシャッターに押さえつけるようにして、何かを話していたところだ。根岸はその時点で、玉井を補導したわけだ」

「それは間違いなく恐喝の現場だろう」

「玉井が恐喝をしなくても、そう見せかけることは可能だ」

「どういうことだ？」

「被害者は、玉井からメールと、ＳＮＳのメッセージを受け取ったということだ。自分が交際している女性に手を出したのは許せないというメッセージだ」

「そして、五十万円を要求されたんだ。立派な恐喝だ」

「そのメッセージが、本当は玉井からのものでなかったとしたら……」

伊丹と田端課長が怪訝そうな顔をする。伊丹が言った。

「何を言ってるんだ……」

「なりすましだ。ＳＮＳに玉井のアカウントを作り、あるいは玉井のアカウントを乗っ取って被害者にメッセージを送った……。同時に、今度は被害者になりすまして現場に玉井を呼び出すんだ。たとえば、指示通り薬屋の前で待っているというような文面であれば、万が一調べられても不自然ではないだろう。理由もわからず呼び出された玉井は、腹を立てて相手に詰め寄る。相手は最初から怯えているから、すぐに用意していた五十万円入りの封筒を差し出す。訳がわからないまま、玉井がそれを手にする。それで、恐喝の現場が成立したことになる」

「たしかにそうだが……」

伊丹は納得しない様子だった。竜崎はさらに言った。

「SNSのアカウントを利用して罠をかけたのだとしたら、その手口はルナリアンと親和性が高いように感じる」

「言ってることがよくわからない」

「ルナリアンはもともとハッカーだ」

「おい、おまえはルナリアンが恐喝事件をでっち上げ、さらに玉井を殺害したと言ってるのか？　ルナリアンは実在しないかもしれないって言ってるだろ」

「実在するのかもしれない。少なくとも、そのもとになったハッカーは実在するはずだ」

伊丹は田端課長を見た。

「どう思う？」

「さあ……。私には何とも言えません」

田端課長が思案顔で言った。

「ただ、竜崎署長がおっしゃるとおりだとしたら、街の少年たちの反応も納得できるような気がしますね」

伊丹はしばらく考えてから言った。

「いずれにしろ、雲をつかむような話だ。いや、ルナリアンだから月をつかむような話か……。確証が必要だ。何でもいいから確実な物証を入手するんだ」

田端課長がうなずいた。

「はい」

伊丹が竜崎に言った。

「警察庁へは行かないんだな？　じゃあ、俺が詰めていることもない。俺は警視庁本部に戻る」

結局、会議だけ顔を出して、引きあげるわけだ。そう思ったが、今さら非難をする気もない。刑事部長はそういうものだと思っていた。

田端課長が竜崎に言った。

「昨日からずっとここに詰めておいでなのですね。私がしばらく見ていますので、お休みを取られてはいかがですか」

立ち上がり、その場を去りかけていた伊丹がそれを聞いて竜崎に尋ねた。

「昨日から泊まり込みか？」

「捜査本部なのだからな。当然だろう」

「幹部が無理をしちゃいかん。いざというとき指揮を執れなくなったらどうする」

「心配はいらない」

「今夜は帰れ」

「さきほど、田端課長からもそう言われたが、状況次第だ」

田端課長が言った。

「今夜は私が詰めることにします」

伊丹が竜崎に言った。

「課長もこう言ってくれているんだ。今夜は帰れ。いいな？」

竜崎はもう一度言った。

「状況次第だ」

伊丹が去って二十分ほど経つと、斎藤警務課長から電話があった。

「警察庁の梅津課長がお見えですが……」

「署長室に案内してくれ。すぐに行く」

「わかりました」

受話器を置くと、竜崎は田端課長に言った。

「ちょっと席を外します」

「了解しました。ここはお任せください」

竜崎は、起立する捜査員たちを後に、捜査本部を出た。

署長室にやってくると、来客用のソファに座っていた梅津が立ち上がった。

「ご無沙汰しております」

竜崎は、署長席には行かず、梅津の向かい側のソファの前に立った。

「私が総務課を去って以来だから、ずいぶん経ちますね」

「はい」

「わざわざご足労頂いて申し訳ありません。どうぞ、おかけください」

そう言って竜崎は、先に腰を下ろした。たった一期でも先輩は先輩なのだ。

「さて、捜査本部ができているということですし、お忙しいことは承知しておりますので、取り急ぎ用件を申し上げます」

「はい」

「十一月一日付けで、辞令が出ることになりました。神奈川県警本部への異動になります」

「神奈川ですか……」

竜崎は、瞬時にいろいろなことを考えた。まず、今の勤務地からそれほど離れていないので、心理的な抵抗が少ないと感じた。

遠くの道府県だと、やはり引っ越しもたいへんだし、子供たちのこともいろいろと考えなければならなくなる。

神奈川県警本部がある横浜ならその点、かなり気が楽だ。

そして竜崎は、かつて神奈川県警と合同で捜査をしたときのことを思い出していた。

県警内には、警視庁に対して、露骨なライバル心を持っている者がいることも確かだ。

そこに赴任するのは、ちょっと複雑な思いがあった。そう言えば、かつて神奈川県警の本部長に「面白いやつだ。覚えておこう」と言われたことがあった。

まさか、そのことが今回の人事に影響しているわけではあるまいな……。

「県警刑事部長です」

梅津にそう言われて、竜崎は少しばかり驚いた。

警察署の署長から、県警本部の部長になるケースは珍しくはない。だから、竜崎が驚いたのには理由があった。

「伊丹が言っていたように、禊を終えたということなのでしょうか」

「多少寄り道されましたが、順当な人事だと私は考えております」

竜崎はかぶりを振った。

「大森署を寄り道とは考えていません。刑事部長を拝命するに当たり、大森署での経験が大いに役立つと思っています」

梅津はうなずいた。

「おっしゃるとおり、所轄での署長の活躍はおおむね評価されています」

「おおむね……？」

「まあ、ほめる者がいれば、批判する者もいます。多くの場合、やっかみでしょうが……」

「やっかまれるほどのことはやっていません」

「これまで、多くの大事件で陣頭指揮を執られ、現場にも赴かれました。その行動力と指導力が広く認められていることは間違いありません」

何だか落ち着かなくなってきた。逆境には強いが、こうしてほめられることにはあまり慣れていない。

「常にやるべきことをやるだけです」

「さすがでいらっしゃいます。新しい部署でも、おそらくその姿勢を崩されることはないでしょうね」

「どこに行っても同じです」

梅津は再びうなずいた。

「ご質問等がありましたら、遠慮なくご連絡ください。では、これで失礼します」

彼は立ち上がった。

竜崎も腰を上げる。

梅津が署長室を出て行くのを立ったまま見送った。

梅津がいなくなるとすぐに、斎藤警務課長と貝沼副署長が入室してきた。

貝沼が竜崎に尋ねた。

「人事課長は、何のお話でした？」

斎藤も不安げな顔を竜崎に向けている。ここでシラを切っても仕方がない。

「まだ、他の署員たちには内緒にしてほしい」

貝沼がうなずく。

「はい」

「内示があった。神奈川県警に異動だ」

竜崎が言うと、貝沼は大きく息を吐いた。

「噂（うわさ）は本当だったのですね」

斎藤課長が言う。

「ついに異動ですか……」

貝沼が尋ねる。

「今日内示ということは、辞令は十一月一日付けですか？」

竜崎はうなずいた。

「そうだ」

斎藤課長がうろたえたような顔で言う。

「二週間しかありませんね」

竜崎は言った。

「異動なんてそんなものだ。さて、私は捜査本部に戻る。何かあったら、そちらに連絡をくれ」

貝沼がこたえる。

「承知しました」

竜崎は出入り口に向かった。

二人はさらに何か言いたそうにしていたが、竜崎はそれを聞く前に部屋を出た。

16

捜査本部に戻って田端課長と岩井管理官の顔を見ると、捜査が進展していないことがわかった。

竜崎が席に戻ると、田端課長が言った。

「署長がおっしゃることは、充分にあり得ると思います」

「ルナリアンの話ですか？」

「ええ。玉井や被害者になりすましてメッセージを送ることができれば、恐喝の捏造は可能だと思います」

「ハッカーにはたやすいことでしょう」

「そうですね……」

田端課長は思案顔で言った。「つまり、玉井をはめたやつは、誰とも接触することなく、パソコンとかスマホとかで、他人を操り、事件を起こしたということですね」

「そういうことになります」

「同じような手法で、殺人事件を起こすことも可能かもしれません」

竜崎はうなずいた。

「恐喝を捏造した人物と、殺人の黒幕が同一人物かもしれないというのは、私も漠然と考えていたことです。ただ、確証はない」

「捜査の方向付けです。今、捜査本部は地図もなしに、どちらに向かえばいいかわからずたたずんでいるようなものです。進むべき方向さえわかれば……」

「岩井管理官の意見も聞いてみてはどうです？」

「そうですね」

田端課長は岩井管理官を呼んだ。彼はすぐに幹部席の前にやってきた。

「何でしょう？」

田端課長は、今竜崎と話し合ったことを説明して尋ねた。

「君はどう思う？」

岩井管理官はしばらく戸惑ったような表情で考え込んでいた。

どうやら彼は、かなりの現実主義者のようだと、竜崎は思った。都市伝説とか、パソコンやスマホで他人を操るといったような、あまり現実的でない話には興味を示さない。

「そうですね……」

やがて、岩井管理官は言った。「誰かにはめられたという玉井の主張は、単なる言い訳じゃないかと思いますね。なにせ、札付きの不良でしょう。恐喝くらい日常茶飯事だったのではないでしょうか」

竜崎は言った。

「それは先入観かもしれない」

「どうでしょう。こじつけはよくないと思いますので、推理するにしても、できるだけ無理のない自然な話がいいと思います」

「恐喝の捏造というのは、こじつけだと思うか？」

岩井管理官は慌てた様子で言った。

「いえ、そういう意味ではありません。ただ、机上の空論はなるべく避けるべきかと……」

「もちろんそうだ。俺もそう思う。ただ……」

「ただ、何でしょう」

「なりすましメッセージで玉井や被害者を操ったという考え方は、なんだかすごくしっくりくる気がするんだ」

岩井管理官は意外そうな顔になった。

「署長はもっと現実的なお考えをする方だと思っておりました」

　そう言われて竜崎はふと考え込んだ。

　俺は今も充分に現実的だと思っている。なりすましメッセージの話はそんなに非現実的だろうか。

　田端課長が言った。

「犯罪者というのは、意外なことを考えるものだ。こちらの思い通りに動くわけではない」

　岩井管理官は恐縮したような様子で言った。

「それはよくわかっておるつもりです」

「そして、捜査においては、あらゆる可能性を検討すべきだと思う」

「そうですね。そういう意味においては、竜崎署長がおっしゃることは貴重なご意見だと思います」

　田端課長が無言でうなずいた。話は終わりだという意味だった。岩井が礼をして管理官席に戻った。

「おっと、もう昼ですね」

　田端課長が時計を見て言った。竜崎はそれにこたえた。

「いろいろとお忙しいのでしょう。私が詰めていますので、警視庁本部にお戻りになってはいかがですか？」

田端課長は言った。

「いえ、殺人事件が最優先です」

そう言いながら、田端課長は落ち着かない様子だった。

「無理をなさる必要はありません」

「でも、署長が今夜もお泊まりになるようなことになると……」

「本当に今夜詰めてくださるのなら、夕方にまた来ていただければいいです」

「そうですか。ではあと二十分で十二時ですので、その時点でいったん私は警視庁本部に戻ることにします」

「わかりました。では、私はちょっと中座させてもらいます」

「どうぞ」

竜崎は立ち上がり、出入り口に向かった。管理官が号令をかけそうになったので言った。

「すぐに戻るから、起立しなくていい」

廊下に出ると、妻の冴子に電話をした。

「どうしたの？」

「警察庁の人事課長が会いに来た」

「異動の件ですか？」

「そうだ。神奈川県警刑事部長だ」

「あら、神奈川県。住むのは横浜ね」

「そういうことになると思う」

「ちょっと、ほっとしたわね」

「そうだな。今日は帰れると思うから、子供たちにも話をしよう」

「事件が片づいたの？」

「まだだ」

「それなのに、帰ってこられるの？」

「今日は捜査一課長が見てくれると言っている」

「捜査員たちは泊まり込みで捜査しているのに、幹部は交代で帰宅するわけ？」

「そうだ。泊まり込みが嫌なら出世して幹部になればいい」

「あなた、そういうこと言うと、本当に嫌われるわよ」

「嫌われてもかまわない。事実だからだ」

「とにかく、今日は帰れるのね。夕食は？」

「自宅で食べたい」

「わかった」

竜崎は電話を切った。

妻はほっとしたと言った。そう言ってくれて救われる思いだった。近かろうが遠かろうが、引っ越しは主婦にとっては一大事のはずだ。

携帯電話をポケットにしまって幹部席に戻った。

十二時になると、田端課長が退席した。捜査員たちは全員起立で見送った。

午後三時過ぎに、戸高と根岸が捜査本部に戻ってきた。彼らは、まっすぐに岩井管理官のもとに向かった。

何か報告があるらしい。

岩井管理官は、戸高の話を聞くとすぐに立ち上がり、竜崎のところに近づいてきた。

その後に、戸高と根岸が続いた。

「玉井グループからいじめにあっていたらしい少年を特定したということです」

岩井管理官が報告した。

竜崎は言った。

「おまえたちは、玉井の恐喝事件専任じゃなかったか？」

戸高がこたえる。

「ええ、恐喝事件についていろいろつついているうちに、そっちのアタリが来ましてね。そいつを手がかりに根岸が少年たちをたどっていったというわけです」

竜崎は根岸を見た。根岸が説明する。

「氏名は、芦辺（あしべ）雅人（まさと）。草冠に戸の芦に、岸辺の辺、優雅の雅に人。年齢は十六歳。管内の公立高校の一年生です」

「玉井よりも二歳年下ということだな」

「はい。芦辺雅人は、中学三年の頃から玉井のグループにマークされて、金品を要求されたりしていたようです」

「いじめにあっている者の気持ちは、わからないではない」

竜崎は言った。

岩井管理官と根岸は意外そうに竜崎を見たが、戸高は関心なさそうだった。

竜崎は小学生の頃、伊丹を中心とするグループからいじめにあっていた。伊丹はそんな自覚はなかったと言っているが、どうせ忘れているだけだ。

あるいは、いじめる側というのはそれほど意識はしていないものなのかもしれない。

いじめられた側はいつまでも忘れない。

もちろん竜崎は、金品を要求されたりはしなかった。しかし、いじめというのは、程度の問題ではない。どんな些細（ささい）ないじめでも被害者の心には重くのしかかるものだ。

それ以上竜崎が何も言わないので、根岸が説明を続けた。

「芦辺雅人は、高校に入学したものの、引きこもり気味で、あまり登校していないようです」

「本人との接触は？」

「まだです」

戸高が言った。

「話を聞いてみようと思ったんですが、根岸が慎重に動くべきだと言うので……」

彼女が補足するように言った。

「引きこもりの少年は、なかなか心を開いてはくれませんから……。接触の仕方を間違えると、取り返しのつかないことになりかねません」

「取り返しのつかないこと？」

「たとえば、自殺とか……」

「では、具体的にどうしたらいいと思う？」

「本人と接触する前に、いろいろと調べておくべきだと思います」

戸高が顔をしかめる。

「俺は、まどろっこしいって言ったんですがね……。引きこもりだろうが何だろうが、任意で引っ張って来て、話を聞けばいいんです」

竜崎は言った。

「無茶を言うな。相手は少年だし、おそらくいじめにあって、世の中に対する不信感を募らせているんだ」

戸高は小さく肩をすくめてそっぽを向いた。

竜崎は根岸に言った。

「では、話が聞ける状況かどうかも含めて、周辺の捜査を進めてくれ」

「了解しました」

戸高と根岸の二人は、いったん捜査員席に向かった。腰かけて何ごとか相談している。

意外なことにこの二人はいいコンビだった。組んだ当初、戸高は面倒臭そうな顔をしていたが、そのうちに根岸の熱心さを認めたようだった。

岩井管理官が竜崎に言った。

「いじめられて、登校拒否の引きこもり……。殺しとは関係なさそうですね」

「そうだな……」

「どうされました。何かをお考えのご様子ですが……」

「何かひっかかるんだ」

「何がですか」

「いじめられている少年は、鑑(かん)が濃(こ)いような気がする」

「鑑が濃い……」

「この事件には、少年たちの不安定な感情が色濃く反映されているような気がする」

「何だか文学的ですね」

「文学的？」

「あるいは情緒的といいますか……」

「人の感情が犯罪を引き起こすんだ。まあ、情緒的というのは当たっているかもしれない」

「では、署長は、芦辺というい じめられていた少年が殺人に関係しているとお考えですか？」

「それはわからない。そのために、戸高と根岸が調べるんだ」

「そうですね」

　そう言って岩井管理官は席に戻っていった。

　それから一時間ほど経った頃、捜査一課の川合と大森署刑事課の西沢が戻って来て、戸高たちと同様にまず、管理官席に向かった。

　今度は、岩井管理官が話を聞く前に立ち上がって竜崎のもとにやってきた。二度手間を防ぐつもりだろう。川合と西沢も幹部席の前に歩み寄る。

　それに気づいた戸高と根岸も近づいてきた。

　川合が報告を始めた。

「恐喝の被害者に会ってきました。前原弘喜(まえはらこうき)、三十三歳。運送業。具体的に言うと宅配便の配達員です」

　岩井管理官が尋ねる。

「まえはらこうきというのは、どう書くんだ？」

「前後の前に、原っぱの原。弓偏にムに喜ぶで、弘喜です。彼は間違いなく恐喝にあったと証言しています」

「細かな状況は？」

「ほぼ根岸が言ったとおりですね。前原弘喜は、ある女性と知り合って二人で食事をしました。それから数日して、突然ＳＮＳのメッセージが来たそうです。玉井からのメッセージです」

岩井管理官が尋ねる。

「脅迫メッセージだな？」

「そうです。俺の女に手を出したからには、ただではおかない。まあ、そういう内容です。詳しい内容については当時の担当者だった根岸が知っているんじゃないですか」

一同が根岸を見た。根岸がこたえた。

「おおよそ、そのとおりの内容です。無事でいたければ、五十万円払え、と……」

川合が説明を続けた。

「そういうことです。日時と場所が指定されていました。それで、前原は慌てて金をかき集め、約束の時間に指定された場所、つまりアーケード商店街の薬屋のシャッターの前に行ったわけです」

岩井管理官が眉をひそめて言う。

「メッセージ一つで、脅迫に応じたというのか？」

　川合がこたえる。

「前原は、地域内を配達して回るので、自然と玉井のことも耳にしていたようです。とんでもないワルだって評判を……」

「それにしても、メッセージの真偽を確かめようとするんじゃないのか？」

「メッセージからたどってアカウントを調べたそうです。すると、間違いなく玉井のアカウントらしかったと言っています」

　岩井管理官が不思議そうに言った。

「札付きの不良がＳＮＳのアカウントを持っているというのか？」

　川合が言う。

「不思議でも何でもありませんよ。今どき、どんなやつでもＳＮＳを使っています。ヤクザだってアカウントを持っていますよ」

「そういう時代なんだな」

　竜崎は川合の説明のとおりに状況を想像してみた。

　妙な違和感を覚えて、根岸に尋ねた。

「玉井が前原をシャッターに押しつけるところを目撃したんだな？」

「はい」

「玉井はどんな様子だった？」

「腹を立てている様子でした」

「それは、前原が現金入りの封筒を出す前か？　それとも後か？」

根岸はしばらく考えてから言った。

「後だったと思います」

「それは不自然な気がするな」

竜崎が言うと、岩井管理官が訝(いぶか)しげに尋ねた。

「何が不自然なんです？」

「玉井は、何に腹を立てていたんだろう」

「何って……。自分が付き合っていた女に、前原がちょっかいを出したからでしょう」

「玉井とその女性が付き合っていたという事実はないんだ。女性は交際を否定したんだろう？」

その質問にこたえたのは、根岸だった。

「そのとおりです。女性は玉井とは交際していませんでした。それほど親しくもなかったようです」

竜崎は言った。

「家裁もその事実を把握していた。だから、その女性と前原が食事に行ったという事実を玉井が知り、それを利用して恐喝を思いついたのだと解釈した。だとしたら、玉井が前原に腹を立てる理由がない。自分の計画通りに進んだのだから」

「そうですね……」

それまでじっと黙って話を聞いていた戸高が言った。「たしかに、署長の言うとおりだ。前原が封筒を出してから、つかみかかったというのも解せない……」

川合が戸高に言った。

「つかみかかったとは誰も言っていないだろう。シャッターに押しつけたと言ってるんだ」

「こういう場合は、胸元につかみかかって押しつけるだろう」

根岸が補足した。

「たしかに、玉井は両手で被害者の胸元をつかんでいました」

川合は鼻白んだ顔になって言った。

「それはたしかに、腹を立てている様子に見えるだろうが……」

岩井管理官が言った。

「相手を脅すために、そういう演技をしてたんじゃないのか」

竜崎は根岸に尋ねた。

「今の意見について、どう思う？」

根岸はかぶりを振った。

「演技のようには見えませんでした。彼は本当に腹を立てていた様子でした」

竜崎は言った。

「玉井の計画どおり、前原はやってきて、五十万円入りの封筒を差し出した。それなのに、どうして玉井は腹を立てたんだ？」

岩井管理官はまた戸惑ったような表情を浮かべた。

「それがそんなに問題ですか？　玉井が前原を呼び出し、五十万円を脅し取ろうとした。それが事実でしょう」

竜崎が返事をする前に、根岸が言った。

「問題だと思います。その玉井の怒りが、恐喝の捏造を物語っているのかもしれないのです」

岩井管理官が聞き返した。

「何だって？　玉井の怒りが……？」

「もし、玉井が恐喝などしておらず、彼も誰かに呼び出されて現場に行ったのだとしたら……」

竜崎は、その言葉を引き継いだ。

「前原の言動が理解できず、かっとなったということも考えられる」

根岸が青い顔になった。

「私は当時、そのことにまったく気づきませんでした」

竜崎は言った。

「誰かが巧妙に仕組んだことなのかもしれない。君の落ち度ではない」

竜崎は玉井恐喝事件専任の四人に命じた。

「さらに恐喝事件について細かく当たってくれ。俺は、恐喝事件が必ず玉井殺害につながっているように思う」

「了解しました」

川合がこたえる。そして、四人は捜査本部をあとにした。

ほとんど入れ替わりで、田端課長が現れた。竜崎は、隣りに着席した田端課長に、今話し合ったことを伝えた。

田端課長はうなずいて言った。

「わかりました。後は私が引き継ぎます。署長はご帰宅ください」

そう言われて竜崎は時計を見た。五時十五分の終業時間が近づいていた。

そうだった。今日はこれから、家族と引っ越しについて話し合わねばならないのだ。

「では、そうさせていただきます」

竜崎は一度署長室に戻って帰宅の準備をすることにした。

17

署長室の出入り口の脇にある副署長席に貝沼がいた。彼は、何も言わずに会釈をした。

斎藤警務課長も貝沼も、何か言いたそうにしているが、話しかけてはこない。竜崎は署長室に入り、席に座った。

そのとたんに携帯電話が振動した。サイバー犯罪対策課の専任チームに行っている田鶴からだった。

「どうした？」

「あの……。直接、署長に電話するなんて畏れ多いとは思ったんですが……」

「そんなことは気にすることはない。用があって電話したんだろう？」

「ええ……。実は、妙なことを思いついてしまいまして。自分でも、まさかって思ったんですが、どうも頭から離れないんです」

「何を思いついたか知らないが、それは俺と関係があることなのか？」

「署長から言われたことがきっかけになって思いついたんです」

「俺が言ったこと……？　いったい何だ？」

「あ、お忙しいですよね。電話しちゃってすいません」

「今はだいじょうぶだから、何を思いついたのか話してくれ」

「ルナリアンです」

「ルナリアンがどうした」

「三件の連続サイバー犯罪ですが、もしかしたらルナリアンの仕業じゃないかと……」

竜崎は、さすがに戸惑った。

「待ってくれ。俺がルナリアンの話をしたのは、こちらの殺人事件に関連があるかもしれないと思ったからだ」

「おそらくそうなんだろうとは思いましたよ。突然電話がきて、ルナリアンの話をされたのですから……。でも、それがきっかけになって、もしかしたら、と思ったのです」

「それは、君の思い込みじゃないのか？」

「まあ、自分でもそう考えましたよ。でも、時間が経てば経つほど、そして、考えれば考えるほど、あり得るのではないかという気がしてきました」

「サイバー犯罪と殺人の関係は？」

「それはわかりません。でも、連続サイバー犯罪は、ルナリアンがやったと考えれば納得できるんです」

「どういうふうに納得できるんだ？」

「私鉄や都市銀行のシステムに侵入したり、官庁のウェブサイトを改竄したりするのは、簡単にできることじゃありません。並のハッカーには不可能でしょう。それが可能なのは、優秀なハッカー集団か、天才的なハッカーだけです。ルナリアンなら、その条件に合うと思います」

「実在するかどうかわからないんだろう？」

「ネット上で誇張され、イメージが増幅されたルナリアンは架空の人物かもしれません。でも、オリジナルのルナリアンは間違いなく実在しますよ。私鉄や都市銀行の事件は、いかにもルナリアンらしいと、自分は思います」

「どういう点が？」

「世間の注目を集めるようなハッキングをやるんですけど、それで金儲けはしないんです」

「金儲けをしない」

「そうです。どれも稼ごうと思えば、稼げる事案です。私鉄から金を巻き上げることもできるし、銀行口座から金を引き出すこともできたでしょう。でも、今回の犯人はただ注目を集めようとしただけです。俺は、いかにもルナリアンらしいって感じるんです」

竜崎は慎重に言葉を選んだ。

「言いたいことはわからないではないが、君がそう感じるだけだろう。それを私に伝えてどうしようというんだ？」

「署長は、ルナリアンが殺人犯だとお考えなんですよね？」

「そう断定しているわけじゃない。だが、妙にルナリアンのことが引っかかるのは事実だ。だから君に尋ねたんだ」

「署長も、潜在意識で、自分と同じことをお考えなのかもしれませんよ」

「君と同じことを……？」

「つまり、今回のサイバー犯罪も、殺人も、犯人はルナリアンなんです」

竜崎はうなった。

「それは飛躍しすぎだろう。第一、根拠が何もない」

「署長がやれとおっしゃるのなら、調べてみますよ」

「調べる？　何をどうやって……」

「サイバー攻撃の際に使われたコードを詳しく解析すれば、犯人がルナリアンかどうかわかるかもしれません」

「そんなことが可能なのか？」

「不可能ではないと思います。そのためのサイバー犯罪対策課専任チームですから」

竜崎はしばらく考えてから言った。

「なりすましメールについて解析することも可能か？」

「メールのヘッダーなどのコードが残っていれば……」

竜崎はまた、考えるための間を取った。そして、言った。

「そのメールを探してみる」

「それはつまり、ルナリアンがなりすましメールを誰かに送ったかもしれないということですか？」

「まだわからない。その可能性もあるという程度のことだ」

「先にこちらを片付けなくてはなりませんが、メールのデータが入手できるようでしたら送ってください。いずれにせよ、犯人がルナリアンかもしれないという前提で調べてみていいですか？」

竜崎は即座に応じた。

「やってくれ」

田鶴の活き活きした声が返ってきた。

「了解しました」

竜崎は電話を切り、帰り支度を始めた。

自宅に戻ったのは、午後七時少し前だった。

「あら、早かったのね」

「ああ。田端課長が交代してくれた」

「すぐに食事にする？」

「ああ。そうしよう。着替えてくる」

寝室で部屋着に着替えた。ダイニングテーブルに着くと、息子の邦彦がやってきた。

竜崎は言った。

「帰ってたのか」

「毎日飲み歩いているわけじゃないよ」

邦彦もダイニングテーブルに着く。

竜崎は、いつもの習慣でテレビをつけようとした。すると、邦彦が言った。

「引っ越しなんだって？」

竜崎は、テレビのスイッチは入れず、リモコンを手にしたままこたえた。

「ああ。神奈川県警だ」

「じゃあ、横浜に住むの？」

「そういうことになる。いずれにしろ、ここは警視庁の官舎だから、出なければならない」

「ちょうどいい機会なんで、話を進めていい？」

「話？　何の話だ？」

「留学だよ。ポーランド留学」

冴子が、台所から料理や食器を運びながら、竜崎と邦彦の会話を聞いている様子だった。

「訊いておきたかったんだ。なぜポーランドなんだ？」

「俺が尊敬している日本人のアニメの映画監督が、ポーランドで、見事な実写映画を撮ったんだ。その作品を見てから、俺、いつかはポーランドに行ってみたいと思っていた」

竜崎は眉をひそめた。

「理由になっていないな。ポーランドで何を学ぼうというんだ？」

「アンジェイ・ワイダって知ってる？」

「いや、知らない」

「イェジー・カヴァレロヴィチは？」

「知らない。誰なんだ、それは」

「『ポーランド派』を代表する映画監督だ。『ポーランド派』は、一九五〇年代から六〇年代にかけて、活躍した監督たちだ。ポーランドにはそういう映画の伝統がある。俺、それを現地で学んでみたいんだ」

「日本でも学べることがたくさんあるだろう」

「俺はポーランドに興味があるんだ。さっき言ったアニメ監督の作品がきっかけだったことは確かだ。でも、それだけじゃないんだ。ポーランド映画についての歴史的背景や、映画史における意味などは日本にいても勉強できる。でも、そうじゃなくて、それを生んだ人々の生き方や空気みたいなものを、肌で感じてみたいんだ」

「留学と言ったな？　どれくらいを予定しているんだ？」

「取りあえず一年かな。向こうは十月から新学期が始まっているし、来るならなるべく早く来いと言われている」

竜崎は驚いた。

「誰に言われているんだ？」

「ワルシャワ大学で、映画についての講座を持っている教授と、ネット上で連絡を取りあっていたんだ」

「ほう、用意周到というわけか」

「実は来年からでもいいかなと考えていたんだけど、引っ越すんだったら、いい機会かなと思って……」

「いい機会って、引っ越しはもうすぐだぞ。十一月一日には辞令が出るので、それまでに引っ越しを終えていなければならない」

「準備を急ぐよ」

竜崎はしばらく考えてから言った。

「反対する理由はないな」

冴子が台所から出てきて言った。

「いいかげんに返事をしないでよね」

「いいかげんじゃない。ちゃんと考えた」

「二年浪人した上に、さらに一年留学するというのよ。高校の同級生より、三年も遅れることになる」

「長い人生だ。三年くらいどうということはない」

「昔はのんびりしていたけど、今は就職するのがたいへんなのよ。三年遅れはハンディーになるわ」

「その程度のことをハンディーだと思うようなところでは働かないほうがいい」

「あなたはいいわよね。親方日の丸だから」

「今どき、そんな言い方をしても、誰もわからんぞ」

「公務員は気楽ってことよ」

「そう思うなら公務員になればいいんだ」

邦彦が言った。

「父さんを見ていると、公務員が気楽とは思えないな。まあ、どうせ公務員になる気はないけどね」

冴子が邦彦に尋ねる。

「じゃあ、何になる気？」

「アニメ関係の仕事に就きたいんだけど、今その業界は厳しくて、きわめて流動的なんだ。俺が卒業する頃、どういう状況になっているかわからない。だから、何をやるかは今は決められない」

　竜崎は言った。

「将来というのは、状況を見て決めるようなものじゃないだろう。何をやりたいかという確固とした意志が大切なんだ」

　邦彦が言った。

「ああ、それは一部の恵まれた人にだけ許されることだよね」

　竜崎はこの言葉に、心底驚いた。

「何かをやりたいと思うことが、一部の人だけに許されることだというのか？　それはどんな専制国家の話だ。将来のことを考える自由は保障されているはずだ」

「そうじゃなくて、現実問題としてだよ」

「まったくおかしな話だな。現実というのは何だ？　何かを望んで、それを実現させた結果が現実だ」

　冴子は邦彦に言った。

「お父さんはね、こういうことを本気で考えているの。ずれてるでしょう」

　竜崎は冴子に言った。

「もし俺の言っていることがずれているとしたら、ずれているのは世の中のほうだ」

冴子はさらに邦彦に言う。

「これ、本気で言ってるんだから、驚くわよね」

邦彦が言う。

「いや、父さんの話を聞いていると、本当にそんな気がしてくるから不思議だ」

「何も不思議なことはない」

竜崎は言った。「父さんは本当のことを言っているだけだ」

「原理原則だね」

「そうだ」

冴子が言う。

「邦彦が言いたいのは、誰もが夢を叶（かな）えられるわけじゃないということよ」

竜崎はぽかんとした顔になった。

「当たり前じゃないか。夢なんて簡単に叶うものじゃない。だが、望まない限り叶わないというのも事実だ。いろいろな人の夢の総和が未来なんじゃないか」

冴子がこたえる。

「それはそうなんだけど……。今の若い人は未来に夢を持てない。そういう世の中なのよ」

「それが不思議でならない。未来に夢を持てないというのは、他人をあてにしているからだろう。漠然と、誰かが面倒をみてくれるかもしれないと思っているんだ。自分で自分の人生に責任を負おうとすれば、不満を世の中のせいにしたり、やりたいことがない、なんて言っている暇はないはずだ」

「だから、世の中はそう思える人ばかりじゃないという話よ」

月「それがわからない。単純な話だと思う。小さい頃になりたかったものになろうとすればいいだけのことだ」

「わかった」

邦彦が言う。「俺は、アニメ監督になりたい。これでいいんだろう？」

棲「そうだな。それが第一段階だ」

冴子が邦彦に言った。

「アニメ監督なんて、ちゃんと食べていけるのかしら」

竜崎は言った。

「現実に、アニメ監督で生計を立てている人がいるはずだ」

邦彦がうなずく。

「もちろん、いるよ」

「ならば、心配することはないだろう」

冴子が言った。

「そういう人たちは、アニメ監督を目指した中のほんの一握りの人たちでしょう」

「そのほんの一握りの人になればいい」

「それは無理な話よ」

「どうしてだ？　人間はそのために努力すべきなんじゃないのか？　努力もしないで、最初から諦(あきら)めるのはおかしい」

冴子はふと気づいたように言った。

「こんな話をするつもりじゃなかった。ポーランド留学なんて、あまりに唐突な気がして……」

邦彦が冴子に言った。

「唐突に聞こえるかもしれないけど、俺自身はずいぶん前から考えて、準備していたんだ」

「どうしてもっと早く相談しなかったの？」

邦彦は肩をすくめた。

「つい、言いそびれて……。それに、いつ相談しても、言われることは同じだろう？」

竜崎は認めた。

「まあ、そうかもしれない。ポーランドは馴染みがないせいで、留学と言われても想像がつかない」

「音楽でワルシャワに留学する人は少なくないらしい。ポーランド留学は人気があるんだ。親日国だしね」

「ビザは？」

「就学ビザも、比較的簡単にもらえる」

「母さんが反対しているのは、心情的な理由からだろう。一人で海外暮らしをさせることが心配なんだ」

「だいじょうぶだよ。世の中に留学している人なんて山ほどいるんだ。それに、いまやネット環境さえあれば、世界中どこにいても簡単にやりとりできる」

冴子が言う。

「それはそうだけど……」

竜崎は言った。

「さっきも言ったように、父さんは反対する理由はないと思う」

「母さんは？」

尋ねられて、冴子はあまり気乗りしない様子で言った。

「お父さんがそう言うなら……」

「じゃあ、準備を進める。父さんも母さんも、これを機会にもっとネットを活用したらいいんじゃないか」

ふと気になって、竜崎は邦彦に尋ねた。

「ルナリアンというのが話題だそうだな」

「へえ。父さんの口からその名前を聞くとは思わなかったな」

邦彦は意外そうな顔をした。

「知っているのか？」

「ネットをある程度触る人間なら知らない人はいないだろうね。コンピュータを知りつくしたルナリアンがいずれ世界を支配する、とか言われてるけど、どこまでが本当かはよくわからない」

「そうか」

少なくとも、邦彦も知っているということは、やはりそれだけ名の知られた存在なのだろう。

「それがどうかした？」

「いや、いいんだ。早く食事にしよう」

冴子は吐息をついてから、夕食の準備を再開した。

美紀が帰宅したのは、午後十時過ぎだった。竜崎は、各紙の夕刊を読み終えて、そろそろ風呂に入ろうかと思っていた。

「あら、お父さん、いたの？」

「自分の家だ。いて不思議はないだろう」

「捜査本部ができたって聞いていたから……」

「昨日は泊まりだったから、今日は捜査一課長が見てくれている」

冴子が美紀に言った。

「内示が出たわよ」

「あら、引っ越し？　どこ？」

竜崎はこたえた。

「神奈川県警だ」

「横浜ね」

美紀が渋い顔になった。「通勤がたいへんになるわね……」

「おまえは東京で一人暮らしをするという手もある」

「うーん。通勤が辛くなったとしても、自宅にいるメリットのほうが大きいわ」

「毎日遅いんだから、都内にいたほうがいいんじゃないのか？」

「横浜なら、都内とそれほど変わらないでしょう。たしかに、都心に住めば帰りも楽になるけど、一人暮らしのたいへんさを考えると、自宅にいたほうがいい」

　冴子が言う。

「楽をしようとしているわね」

「できるだけ、今までと生活を変えたくないのよ。お父さんだって、娘と離れて暮らすのは淋しいでしょう？」

「そうでもないと思う」

「いいえ、いざとなったら、淋しがるはずよ」

「根拠のない指摘だな」

　冴子が言った。

「じゃあ、美紀はいっしょに横浜に来るのね？」

「そうする。邦彦もそうでしょう？」

「邦彦は、留学すると言ってるの」

「留学？　どこへ？」

「ポーランド」

「なんだか、好き勝手言ってるわね」

竜崎は言った。

「すぐに行けるわけではないだろうから、準備が整うまでは、邦彦も横浜でいっしょに住むことになると思う」

美紀が尋ねる。

「今度も官舎なんでしょう？」

「そういうことだろうな。神奈川県は、公務員の官舎を原則全廃したが、警察は例外のようだ」

冴子が言った。

「自分で住宅を探さなくて済むのは助かるわね。美紀もすぐに引っ越しの用意を始めてね」

「わかった」

美紀は部屋に引っ込んだ。今のうちに風呂に入ってしまおう。そして、今日は早く寝て疲れを癒すのだと、竜崎は思った。

18

翌朝、六時に目が覚めた。

リビングルームに行き、新聞に眼を通していると、冴子も起きてきてコーヒーをいれてくれた。

いつものように、和食の朝食を済ませ、七時に公用車の迎えを頼んだ。できるだけ早く捜査本部に顔を出したい。

何の連絡もないということは、捜査はそれほど進展していないということだ。だが、いつ何が起きるかわからない。

七時半に、捜査本部に到着した。捜査員はまばらだったが、彼らは起立して竜崎を迎えた。

幹部席に田端課長の姿が、管理官席には岩井管理官の姿があった。

竜崎は席に着くと、田端課長に尋ねた。

「徹夜ですか？」

「いや、岩井管理官と交代で仮眠を取りました」

「私はゆっくりと休ませてもらいました」

「ご家族に、内示の報告もされたのでしょう」

「ええ。それも済みました。課長は警視庁本部に行かれたほうがいいのではないですか？」

「そうですね。一度顔を出さねばならないと思います」

彼は時計を見た。「八時に捜査会議が始まる予定です。会議が終わったら出たいと思いますが、よろしいでしょうか」

「了解しました」

竜崎は言った。「会議の前に、お話ししておきたいことがあります」

「何でしょう？」

「ルナリアンのことです」

竜崎は、昨日、田鶴と話し合ったことを、かいつまんで説明した。

話を聞き終わると、田端課長が言った。

「なかなか興味深い話ですね」

「蓋然性（がいぜんせい）をお疑いですね」

「どうでしょう。岩井管理官の意見も聞いてみたいですね」

田端課長は管理官を呼んだ。岩井管理官は、席を立って幹部席に近づいてきた。

「何でしょう？」

竜崎は、田端課長に伝えたことを、繰り返した。

岩井管理官は複雑な表情になった。竜崎はその顔を見て言った。

「思ったとおりのことを言ってくれ」

「そうですね……。私には、単なる思いつきに過ぎないように聞こえますが……」

田端課長が言った。

「俺も、話を聞いてちょっと唐突な印象を受けた。たしかにハッカーつながりだが……」

岩井管理官が言う。

「ルナリアンというのは、実在するかどうかもはっきりしないのでしょう？」

竜崎はこたえた。

「都市伝説としてのルナリアンは、ネットの住人たちが作り上げた虚像だろう。でも、その伝説の元になったハッカーは実在するということだ」

「それにしても、両方ともハッカーだからといって、同一人物と考えるのはどうでしょう」

「そう思うのはもっともだと、俺も思う」

竜崎は言った。「だが、鉄道会社と銀行へのサイバー犯罪と同じ日の深夜か、翌日の未明に殺人事件が起きた。関連を疑ってもいいのではないかと思う」

「はあ……」

岩井管理官は、気乗りしない様子で言った。「具体的にはどうすればよろしいのでしょうか？」

「玉井の恐喝事件の際のメールを入手したい。ヘッダー等を分析すれば、何かわかるかもしれない」

「メールのオリジナルが必要ということですね。恐喝被害にあった前原弘喜さんに聞いてみましょう」

「本人がもう持っていないとしても、事件当時にデータを入手したかもしれないし、サーバーに残っているかもしれない」

「手配してみます」

岩井管理官が会釈をして席に戻っていった。

田端課長が言った。

「八時です。会議を始めましょうか」

昨日の夜の会議に出ていないので、竜崎にとっては初耳の事柄もあった。

検視の詳しい結果が出た。

死亡推定時刻は、十月十六日火曜日の午後十一時から、翌十七日水曜日の午前一時の間。

やはり溺死だということだ。複数の殴打の跡もあり、暴行を受けた後に溺れたようだ。

殺人現場となった平和の森公園の近くに設置された防犯カメラから、死亡推定時刻直前の玉井の映像が確認されていた。

玉井は、三人の若者といっしょだった。それはおそらく、身柄を引っぱって話を聞いた三人の少年だろうということだった。

再び話を聞くために、今日、捜査員が彼らの身柄を取りにいくとのことだ。

ビデオ解析の結果が出てすぐに彼らを引っぱらなかったのは、結果が出たのが深夜に近く、相手が少年であることが考慮されたからだ。

会議が終わり次第、捜査員が彼らのもとに向かうらしい。

会議の終わりに、岩井管理官が言った。

「ルナリアンと名乗る人物が取り沙汰されている。鉄道会社や銀行、文科省のホームページに対するサイバー犯罪について、担当課の専任チームが二十四時間態勢で捜査しているが、その犯人とルナリアンが同一人物である可能性を指摘する向きもある。それについても捜査本部で考える必要がある。ついては、恐喝事件の際に被害者に送られたメール等を入手したい」

岩井管理官は、捜査員を見回してから言った。「玉井の恐喝事件を専任で調べている四人がいるな。メールデータの入手を頼む。以上だ」

捜査員たちの多くは、今の説明を聞いて困惑の表情を浮かべている。

岩井管理官はどうやら、捜査員たちからの質問を受けたくないのだろう。だから、ぴしゃりと会議の終わりを宣言したのだ。

「では……」

田端課長が竜崎に言った。「申し訳ありませんが、しばらく中座させていただきます」

竜崎は言った。

「何かあったら連絡します」

田端課長が席を立ち、出入り口に向かった。そのとき、出入り口に伊丹が姿を見せた。

田端課長はひな壇の前で立ち尽くした。田端課長を送り出すために起立した捜査員も、そのままだった。

伊丹は悠然と捜査本部の正面を横切り、幹部席にやってきた。

「おい、聞いたぞ。神奈川県警だって？」

「ここでそういうことを言うな。まだ辞令は出ていないんだ」

「おっと、そうだな……」

捜査員たちはまだ立ったままだ。伊丹が田端課長に気づいて言った。

「どうしたんだ？」

田端課長の代わりに竜崎がこたえた。

「捜査会議が終わって、課長はいったん警視庁本部に戻るところだったんだ」

「ああ、そうか」

伊丹は田端課長に言った。「わかった。行ってくれ」

田端課長が言った。

「昨夜からの経緯を報告しましょうか？」

「ああ、竜崎か誰かから聞くからいいよ」

「では、失礼します」

田端課長は礼をして捜査本部を出て行った。捜査員たちがようやく腰を下ろす。聞き込みに出かける者たちもいた。

戸高や根岸たち玉井恐喝事件専任の四人が、管理官席に向かうのが見えた。戸高が岩井管理官に何事か言っている。

その直後、岩井管理官とともに四人が竜崎のもとにやってきた。

岩井管理官が、伊丹と竜崎を見ながら、遠慮がちに言った。

「ちょっとよろしいですか?」

竜崎はこたえた。

「何だ?」

岩井管理官ではなく、戸高が竜崎に言った。

「サイバー犯罪事件と、殺人の犯人が同じって、いったいどういうことですか」

「田鶴が言い出したことだ」

根岸が驚いた顔で言った。

「田鶴さんが……?」

根岸は田鶴と同じ生活安全課だ。竜崎はうなずいた。

「そうだ。昨日田鶴からルナリアンについて説明を受けた」

戸高が尋ねる。

「なぜ、田鶴から……？」

「彼なら知ってそうな気がしたんだ。思ったとおり、彼はルナリアンについて詳しかった。そうしたら、昨日の夕方田鶴から電話がかかってきて、俺からルナリアンのことを聞いたのがきっかけになって、三件の連続サイバー犯罪がルナリアンの仕業じゃないかと考えるようになったと言うんだ」

捜査一課の川合が尋ねた。

「つまり、その田鶴という人物が、そう言っているだけなんですね」

竜崎はこたえた。

「今のところは、そうだ」

「ちょっと待ってくれ」

話を聞いていた伊丹が言った。「それは何の話だ？」

竜崎は伊丹に言った。

「聞いてのとおりだ。三件のサイバー犯罪が起きたことはもちろん知っているな。それがルナリアンの仕業じゃないかと考えている者がいる」

「サイバー犯罪と殺人、双方の犯人がルナリアンだというのか？　田鶴という人物がそう言っているんだな？　何者だ？」

「生安部サイバー犯罪対策課の専任チームに吸い上げられた、大森署の捜査員だ」

「ルナリアンは、ただの都市伝説じゃなかったのか」

「実在のハッカーが元になって都市伝説が生まれたという話はしただろう」

「誰かがルナリアンの名前を騙ったのかもしれないと、おまえは前に言っていたな？」

「たしかにそう言ったこともある。だが、実を言うと、そう言いながら、あまりしっくりきていなかったんだ」

「その田鶴の話は、しっくりくると言うのか？」

「そうだ」

伊丹が考え込んだので、その隙に戸高が言った。

「脅迫メールを入手したら、誰がそれを分析するんですか？」

竜崎はこたえた。

「田鶴がやってくれることになっている」

「おい」

伊丹が言った。「その田鶴は、サイバー犯罪対策課の専任チームにいるんじゃないのか？」

「それがどうした？」

「生安部に吸い上げられたやつが、刑事部の事案を調べるということだろう。それ、生安部に話は通っているのか？」

「そんなことを気にするやつがいるのか？」

「いないとは限らんぞ」

「まさか……。もしかしたら、ルナリアンがサイバー事件の犯人かもしれないんだ。それを田鶴が捜査して何の不都合がある」

「みんながみんな、おまえみたいな考え方とは限らないんだよ」

「俺が田鶴に調べてくれと言ったんだ。何かあったら、俺が責任を取る」

「その言葉、忘れないでくれよ」

竜崎は、恐喝事件専任の四人に言った。

「そういうわけだから、なんとか脅迫メールを入手してくれ」

「そう言われても……」

川合が渋った。「どうも、今一つぴんとこないですね。その田鶴ってやつが言ってるだけのことなんでしょう」

竜崎がこたえる前に、戸高が言った。

「田鶴の言うことなら、俺は乗ってもいいと思う」

さらに根岸が言った。

「私もそう思います。田鶴さんなら……」

大森署刑事課の西沢も言う。

「俺も二人と同感だな。田鶴は変なやつだが、妙に勘が働くやつだ」

多勢に無勢だ。捜査一課の川合は肩をすくめて言った。

「わかりました。メールは必ず見つけますよ」

四人は礼をして、幹部席を離れようとした。

竜崎は、彼らを呼び止めて尋ねた。

「玉井グループにいじめにあっていた少年はどうなった？　たしか、芦辺雅人といったか……」

戸高がこたえた。

「昨夜の会議で報告したとおりですが」

「俺は欠席だった」

「あ、そうでしたね……。昨日のうちに接触できて、今日の午後に署で話を聞くことになっています」

「引きこもりだったんだろう？　よく事情聴取に応じてくれたな」

「案ずるより産むが易し、ですよ。やっぱり俺が言ったとおり、直当たりして正解でした」

「自宅を訪ねたのか？」

「はい。そして、根岸が話をしまして……」

竜崎は根岸に尋ねた。

「慎重になるべきだと言っていたが……」

「周辺捜査を進めましたが、驚くほど情報が集まらなかったもので……」

「署に来るのは何時だ？」

「午後四時の約束です」

竜崎は、その少年のことが少々気になっていた。おそらく、自分もいじめにあっていた経験があるからだろうと思った。

「彼が来たら、俺にも知らせてくれ」

根岸がこたえた。

「了解しました」

戸高ら四人の捜査員と岩井管理官が去っていくと、伊丹が尋ねた。

「玉井グループにいじめにあっていた少年だって？」

「そうだ。引きこもりだということだ」

「いじめられて引きこもりか……。やれやれだな」

その言い方にかちんときた。

竜崎をいじめていたのは、ほかでもないこの伊丹だったのだ。

その話をすると、伊丹は必ず苦笑混じりに言う。

そんなことがあったのか。

あったとしても本気でいじめていたわけじゃない。

だから、竜崎はその話をしたくなかった。

加害者が忘れていようが、本気じゃなかろうが、いじめられたほうには傷が残る。

芦辺が引きこもりになった気持ちがわかるような気がした。だから、彼のことが気になるのだと、竜崎は思った。

伊丹が声を落として言った。

「さっきの話だ。神奈川県警だって？」

「そのようだ」

「刑事部長だと聞いたが、本当か？」

「ああ、そう聞いている」

「俺と同じ立場になるということだな。神奈川県警は、警視庁のライバルだから、俺とおまえもライバルということになる」

「そんな方程式は成立しない。俺とおまえは別にライバルでも何でもない」

「相変わらず、身も蓋もない言い方をする。だが、神奈川県警は警視庁に対抗心をむき出しだぞ。きっと、いろいろと苦労することになるだろうな」

「どこに行っても、やることは同じだと言っただろう」

「だが、横浜なら単身赴任とかを考えなくて済むな」

「ああ。美紀も自宅から通勤すると言っている」

「邦彦君は？」

「留学の準備を進めている」

「ポーランドだったな」

「そうだ」

「そっちのほうも、いろいろとたいへんだな」

「留学はどうということはない」

伊丹は小さく肩をすくめてから言った。

「ルナリアンのことだがな……」

「何だ？」

「もし、ルナリアンが犯人だとしても、それがいったい何者なのか、特定するのはたいへんだぞ」

「そうだな……」

「サイバー犯罪対策課のほうから追えるのか？」

「そのはずだ。そして、捜査本部とサイバー犯罪対策課専任チームの両方から追っていくことしか、解決の道はない」

「わかった」

伊丹が言った。「ルナリアンを月から引きずり下ろそう」

19

捜査に集中しようとするが、異動の内示が出るとさすがに落ち着かない。幸い、伊丹はしばらくいてくれる様子だ。竜崎は言った。

「ここは任せていいな。俺は署長室に行く」

「わかった。何かあったら呼ぶ」

竜崎は席を立ち、出入り口に向かう。捜査員たちが立ち上がる。無駄なことだと思ったこともあるが、最近は規律と秩序を守るためには必要なのかもしれないと考えるようになっていた。

原理原則を重んじることは変わらなくても、さまざまな経験をすることで、変わる一面もある。

それが生きているということだと、竜崎は思った。

署長室に戻ると、すぐに斎藤警務課長がやってきた。

「決裁書類をお持ちしてよろしいでしょうか」

「ああ。やれるだけやっておこう」

警務課の係員によってファイルが運び込まれ、来客用のテーブルの上に並べられる。

竜崎は、淡々と判押しを始めた。

こうして署長印を押すのも、あとしばらくのことだ。なんだか、署長印が名残惜しく感じた。

過去に何度か異動を経験しているが、こんな気持ちになったのは初めてだった。竜崎は戸惑っていた。

警察官に異動は付きものだ。キャリアならばなおさらだ。この先は、もっと異動が増えるだろう。偉くなればなるほど、任期は短くなる傾向があるのだ。

ふと判押しの手を止めて、署長室内を見渡した。

一国一城の主。

所轄の署長には多くの権限がある。だが、それだけではない。大森署での経験は、竜崎の想像を超えて豊かで濃密だった。

県警本部の部長か……。

本部長に次ぐ立場だ。権限もあるし、責任も重い。つまり、やり甲斐がある仕事だということだ。

だが、部長室はこの署長室ほど居心地がいいだろうか。

ふとそんなことを考えている自分に気づいて、竜崎は驚いた。

居心地がいいだって……。俺は、ここにいて居心地がいいと感じていたのか。改めて自問した。

公務員が自分の職場を「居心地がいい」などと考えるのはどうかと思う。それは危険ですらある。

堕落したり腐敗したりという恐れがあるからだ。だから、一所(ひとところ)に長い間留まってはいけないとされている。

職場に過剰な思いは必要ないのだ。

竜崎は判押しを再開した。

異動が決まったからには、次のことを考えなければならない。それが公務員の生き方だ。

署長室で判押しをしている間は、比較的穏やかな気分でいられる。捜査本部に戻ったらまた、事件のことに集中しなければならない。

判押しの目処(めど)がついたら、署長室の整理を始めようと思った。仕事場に私物は置かない主義だが、それでも何かと溜(た)まっているものだ。

できるだけ書類の内容を把握してから判を押すように心がけてきた。だが、長い間署長をやってくると、それが無意味なのではないかと思うこともある。

形式的に決裁印が必要なだけなのだ。誰が押しても同じだ。役所というのはそういうところだ。

まあ、そんなことを考えはじめるのだから、署長も潮時かもしれない。竜崎がそう思ったとき、斎藤警務課長が不安そうに目を見開いてやってきた。

「警視庁本部の前園生安部長からお電話ですが……」

「生安部長……」

直接電話をしてくるのだから、ろくなことではないだろう。竜崎は判押しを続けながら電話に出ることにした。

受話器を取る。

「はい、大森署、竜崎です」

「また出過ぎたことをやったようだな」

「何のことでしょう」

「サイバー犯罪対策課の専任チームにいる係員に、勝手に指示を出したそうじゃないか」

竜崎は驚いた。伊丹が言ったとおりだったからだ。

まさか竜崎が田鶴に捜査の指示をしたことを、気にする者がいるとは思っていなかったが、選りに選って部長が取り沙汰するとは……。

「田鶴のことをおっしゃっているのでしょうか」

「係員の名前など覚えていない。だが、君は間違いなくその係員に指示したのだな？」

「はい、しました」

「一所轄の署長が、生安部の事案に口を出すのは、出過ぎた真似だと言っているんだ」

「田鶴は大森署の署員です」

「どこの誰だろうが知ったことではない。だが現時点では、サイバー犯罪対策課の指揮下にあるはずだ。その係員に指示を出すのは、横槍というものだ。そうだろう」

竜崎はあきれてしまった。まともに聞く気にもなれず、判押しを続けていた。

「もともと鉄道会社と銀行のサイバー犯罪事案に着手したのはうちの署です」

「どこが着手しようと関係ない。今は、生安部の事案だ」

「事件の端緒に触れたのがどこかというのは、重要でしょう」

「生安部が担当している。それが重要なんだ」

「こちらの捜査本部で調べていることと、関連がありそうだと判断したんです。だから田鶴と連絡を取りました」

「係員個人とではなく、サイバー犯罪対策課と連絡を取るべきだ。そうじゃないか?」

「ルナリアンの件は早急に調べる必要があります」

「何だ、そのルナなんとかというのは……」

竜崎は、さらにあきれる思いだった。文句を言ってくるのだから、事情を知っているものと思っていた。

前園部長は、竜崎の指示の内容を何も知らずに、ただ田鶴に直接指示したことが問題だと、文句を言っているのだ。

「サイバー犯罪対策課の捜査員たちも、ルナリアンについては知っているはずです。お尋ねになってはいかがですか」

「君が説明しろ」

今ここで説明する気にはなれなかった。どうせ、前園部長も本気で聞こうとは思っていないだろう。

「私よりもうまく説明できる者が、サイバー犯罪対策課の専任チームにいるはずです」

　やや間があった。

「何をしている？」

「は……？　電話をしていますが……」

「電話をしながら、何かしているのではないか？」

　朱肉にぽんぽんと二回打ちつけ、書類にぽんと判を押す。ぽんぽん、ぽん。そのリズミカルな音を受話器がとらえていたようだ。

「書類に判を押していますが……」

　息を吸い込む音が聞こえた。その直後、前園部長は大声を上げた。

「きさん、何か他のことをしながら、おいと電話していたのか」

　興奮したらしい。薩摩（さつま）の言葉が出た。

「それが電話の利点の一つだと思いますが……」

「なんが利点か。きさん、すぐにおいのところに来い」

「今、大森署は捜査本部を抱えています。それを放り出して出かけるわけにはいきません」

「つべこべ言うな。おいが来いと言ったらすぐに来るんだ」

この程度のやつが警視庁の部長だというのだから情けなくなる。

竜崎も、もうすぐ県警本部の刑事部長だ。立場は対等になる。まあ、県警間や部による格差もないことはないが、原則的には対等だ。

それで気が大きくもなっている。

「用があるのなら、そちらからいらっしゃればいい。こちらからうかがうことはできません。それに、田鶴に指示したことは間違っているとは思っていません。落ち度もないのにうかがう必要はないはずです」

「筋を通せと言っているんだ」

「申し訳ありませんが、そのようなことに使う時間などありません。それに私は、こういう場合どうやったら筋を通すことができるのかわからないのです」

「きさん、キャリアらしいな。おいがノンキャリアだからばかにしてるのか」

「ノンキャリアなのですか？」

「しらばっくれるな。知っているから、おいにそんな態度を取るんだろう」

「誤解されては困ります」

「誤解だって？」

「相手が誰であろうと、対応に変わりはありません」

前園生安部長は、しばらく無言だった。驚いたのかもしれない。

何を驚くことがあるんだ。

竜崎は不思議だった。

やがて、前園部長の声が聞こえてきた。かなりトーンダウンしていた。

「ノンキャリアの叩き上げで、本部の部長は最高位だと思う。ここまで登り詰めるのはたいへんだった。なのに、やはりキャリアにはかなわないのか……」

その言葉には悔しさが滲んでいる。竜崎は言った。

「キャリアとかノンキャリアとかいう問題ではありません」

「では何だと言うんだ？」

「不合理な指示には従いたくないということです。私は、田鶴に間違った指示はしていないという自信があります」

「ルナなんとかについて調べろと言ったのだな？」

「ルナリアンです」

「捜査本部の事案について、サイバー犯罪対策課にいる田鶴に調べさせたんじゃないのか？」

「もし、ルナリアンがサイバー犯罪の犯人であると同時に、こちらの殺人事件の犯人だとしたら、まさに一石二鳥じゃないですか」

「一石二鳥……？」

「つまり、ルナリアンを特定して逮捕することで、そちらの事案とこちらの事案の両方が一気に解決することになります」

また沈黙があった。

前園部長が言った。

「うちの事案とそちらの事案の両方の犯人がルナリアンとかいうやつだという確率はどれくらいだ？」

竜崎はちょっと考えてからこたえた。

「かなり高いと、私は考えています」

「曖昧な言い方だな」

「何が起きるかわかりません。それが捜査というものです。ですから、はっきりしたことは申し上げられません。しかし、担当者の話からしても、かなりの確率だと私は考えております」

「それは君の考えだ」

「きさん」から「君」になった。興奮が収まってきたということだろう。

「そうです。私の考えです」

「ならば、いざというときに責任を取る覚悟はあるな？」

「いつでも責任を取る覚悟はありますよ」

「そういうことを、事も無げに言ってのける神経がわからん」

「本心ですから」

「また連絡する」

電話が切れた。

いったい何が言いたかったのだろう。竜崎はそう思いながら、受話器を置いた。

それから、正午近くまで判押しを続け、また捜査本部に向かった。伊丹がまだいたので、ちょっと意外に思った。

「もう警視庁本部に引きあげたものと思っていたが……」

「帰るときは、おまえに一声かけるよ」

「何か進展は？」

「特にない」

竜崎は、管理官席のほうに眼をやった。岩井管理官が電話の応対をしている。まだそれほど疲労の色は濃くない。

「さて……」

伊丹が言った。「おまえが戻って来たことだし、俺はぼちぼち引きあげるか」

「ああ。何かあったらすぐに知らせる」

「その後、サイバー犯罪対策課のほうは……？」

「前園部長が電話をしてきた」

伊丹は上げかけた腰を下ろした。

「何だって？」

「俺が直接、田鶴に指示したことが問題だと言ってきた」

伊丹は舌打ちをした。

「俺が言ったとおりになったじゃないか」

「だから驚いたよ」

「向こうは何か要求してきたのか？」

「筋を通せと言ってきた」

「それで、おまえはどうこたえたんだ？」

「そんなことに割く時間はないと言った」

「おい、本当にそんなことを言ったのか」

「言ったが、どうした」

「あの薩摩っぽは激怒しただろう」

「腹を立てるのは向こうの勝手だ。俺は間違ったことはしていない。だいたい、筋を通すというのは、どういうことなんだ？　俺にはわからん」

「会いに行って頭を下げれば済むことだったんだ」

「時間の無駄だ。やるべきことはたくさんある」

「まったく、あきれたもんだ」

「前園部長は、ノンキャリアなんだな」

「そうだ。部長職の中でも地域部長や生安部長なんかは、ノンキャリアのポストだ」

「キャリアにコンプレックスがあるみたいだな。ノンキャリアだから、キャリアの俺が逆らうのだろうと言っていた」

「まあ、そういう面はあるだろうな」

「キャリアもノンキャリアも関係ない。不合理な指示には従わない。そうはっきり言ってやった」

「それで、前園部長は……？」

「ルナリアンの話に興味を持った様子だったな」

「興味を持った？」

「ルナリアンが、殺人の容疑者であると同時に、サイバー犯罪の犯人かもしれないと言ったら、怒りを収めたようだった」

「おまえの話を聞くまで、前園部長はルナリアンのことを知らなかったということか？」

「知らなかったようだ。あるいは、報告を受けたが、覚えていなかったか……」

　伊丹は顔をしかめた。

「ノンキャリアがどうこう言うわけじゃないが、とても有能とは思えないな……」

「おまえだって、最初にルナリアンのことを聞いたときには、本気で考えようとはしなかっただろう」

「だが、結局俺は信じたぞ」

「前園部長も、今頃は本気で考えているかもしれない」

「とにかく、前園部長がさらに何かを言ってくるようなら、俺に言ってくれ」

「どうするつもりだ」

「わからんが、俺も部長だ。話はできるだろう」

　竜崎は無言でうなずいた。

伊丹が立ち上がり、起立した捜査員たちに見送られて捜査本部を出た。

竜崎は再び管理官席の様子をうかがった。するとそこに、戸高と根岸の姿があった。岩井管理官と何事か話し合っている様子だ。岩井管理官が難しい顔をしている。

竜崎は気になって声をかけた。

「何かあったのか？」

管理官がその声に気づいて、竜崎の席の前にやってきた。戸高と根岸がついてきた。

岩井管理官が言う。

「玉井たちのグループ名の話を覚えておいでですか？」

「たしか、最近になって『ルナティック』という名前になったんだったな」

竜崎がこたえると、それを受けて戸高が言った。

「ルナリアンと関係があるんじゃないでしょうかね」

岩井管理官が言う。

「ルナティックとルナリアン……。まあ、ルナはいっしょですが、意味が全然違うでしょう。ルナティックというのは、狂気じみたとか狂った人といった意味でしょう。一方、ルナリアンというのは月に住む人という意味です」

「いや……」

竜崎は言った。「ルナティックのルナも月という意味だ。昔、ヨーロッパでは狂気は月によってもたらされると考えられていた。それでそう言われるようになった。だから、ルナティックとルナリアンが関係あるのではないかという指摘は、的を射ているかもしれない」

戸高はにこりともせずに言った。

「地域の少年たちがルナリアンを恐れるようになった時期と、玉井一派がルナティックと呼び名を変えた時期は一致するかもしれないと、根岸が言っています」

竜崎は根岸に尋ねた。

「それは事実か？」

「さらに調べてみる必要がありますが、時期が重なるように思えます」

岩井管理官が言う。

「しかし、ルナリアンの噂というのは、ずいぶん前からあるんだろう？」

根岸がこたえた。

「都市伝説は一年ほど前からありますが、地域の少年たちが恐れはじめたのは、最近のようです」

「なるほど……」

竜崎は言った。「ところで、前原に届いた脅迫メールについてはどうなった？」

戸高がこたえる。

「手配しています。今、プロバイダーの返事待ちです。前原のところには、川合と西沢が行ってます」

「川合はおまえより先輩だろう」

竜崎が指摘すると、戸高は言い直した。

「川合さんと西沢が行ってます」

「わかった。では、それと並行して、そのルナティックとルナリアンの関係についても調べてくれ」

戸高と根岸が同時にこたえる。

「了解しました」

岩井管理官が言った。

「例の三人の少年の身柄を引っ張って来たら、そのことも質問できますね」

竜崎はうなずいた。

「その旨を、質問する捜査員に伝えてくれ」

「了解です」

根岸が岩井管理官に尋ねた。

「今度は、私が立ち会わなくてよろしいのでしょうか」

岩井管理官は、判断を求めるように竜崎の顔を見た。竜崎は言った。

「事件当日、玉井といっしょにいるところを防犯カメラに捉えられたんだ。特に少年係が立ち会う必要もないだろう」

根岸がこたえた。

「わかりました」

二人は、その場を去って行った。

「まったく……」

岩井管理官が言った。「根岸はちゃんと礼をしたのに、戸高はしませんでしたね」

竜崎は言った。

「そうだったかな」

20

午後三時を過ぎた頃、三人の少年たちの身柄が相次いで署に到着した。それぞれ別々に事情聴取が行われる。

前回と違い、防犯カメラに映っていたという証拠があるので、事実上の取り調べだった。

午後四時を過ぎた頃、岩井管理官がやってきて告げた。

「芦辺雅人が出頭してきました。戸高と根岸がこれから話を聞きます」

「玉井たちにいじめられていたという少年だな？」

「そうです」

「では、今署内に、いじめた側といじめられた側がいるわけだ」

「そういうことになりますね」

「三人の様子はどうなんだ？」

「まだ、何の知らせもありません」

「前回尋問したとき、三人は何かに怯（おび）えた様子だったと、根岸が言ったが、何か事情を知っていると見るべきだろうな」

「そうですね。それを追及されるのを恐れていたと考えることができますね」

普通に考えればそうだ。だが、そうでない可能性もあると、竜崎は考えていた。

「三人に、ルナリアンのことを詳しく訊いてみたいな」

「担当者たちに、そのように伝えましょう」

竜崎がうなずくと、岩井管理官は一礼して席に戻ろうとした。そのとき、竜崎はふと思い立って言った。

「俺も芦辺雅人に会ってみたい。根岸にそう伝えてくれるか」

「わかりました」

岩井管理官は、席に戻ると電話をかけはじめた。

それぞれの尋問担当者に、竜崎の意向を告げているのだろう。受話器を置くと、また竜崎のもとにやってきた。何度も行ったり来たりだ。

「芦辺雅人は、刑事課の小会議室で尋問するそうです。すでに、戸高たちが話を聞きはじめているようです。どうなさいますか？」

「小会議室？　取調室じゃないんだな？」

「いじめの被害者ですし、引きこもり気味というので、気を使ったのでしょう」

「行ってみよう」

「誰かをつけましょう」

「必要ない。俺はここの署長だ。署のことはよく知っている」

署長が突然顔を出すというのは、現場の人間にとってはありがたいことではなさそうだ。竜崎が刑事課を訪ねたとたん、課長や係長たちが慌てた様子で立ち上がった。

刑事課長の関本が尋ねた。

「どうなさいました?」

「戸高たちが会議室で、参考人から事情聴取をしていると聞いた。その様子を見たくてな」

強行犯係長の小松が歩み出て言った。

「こちらです」

「会議室の場所は知っている。気にしないで、仕事を続けてくれ」

竜崎は彼らの脇を通り抜けて、小会議室のドアをノックした。

「はい」

戸高の声が返ってくる。竜崎はドアを開けた。

小会議室は、どこの警察署にもある細長い小部屋だ。部屋の中央にテーブルが置かれ、その周囲にパイプ椅子が置かれている。

入り口近くにホワイトボードがあり、奥にはロッカーが並んでいた。そのロッカーの前に段ボール箱が積まれている。

戸高と根岸は、出入り口に背を向ける位置に並んで座っていた。テーブルを挟んでその向かい側に、少年が腰かけている。

根岸が竜崎を見て立ち上がった。戸高は座ったままだった。竜崎は根岸に言った。

「着席してくれ。邪魔をしてすまんが、立ち会わせてもらいたい」

根岸がちらりと戸高を見た。戸高が言った。

「どうぞ、ご自由に」

竜崎は、戸高たちから少し離れた位置に腰を下ろした。

根岸が少年に向き直り、言った。

「玉井のグループと何があったか、話してちょうだい」

どうやら、質問するのは根岸の役目のようだ。

竜崎は、芦辺雅人を観察していた。

目立たない髪型だ。目鼻立ちも特に特徴があるわけではない。人混みの中ではまったく印象に残らないだろう。

線が細くて、いかにも気弱そうだ。なるほど、いじめられっ子によくあるタイプだ。

おどおどしていて、誰とも目を合わせようとしない。

根岸は質問したまま、無言で返事を待っている。戸高も何も言わない。

やがて、芦辺が言った。

「最初は呼び出されて、話をするだけでした……」

か細い声だ。ぽつりぽつりと言葉を探しながら話している様子だ。

「虫みたいだ、とか言われました。だから、ひねり潰してもいいんだ、と……。最初は、そんなことを言われるだけだったんですけど……」

根岸は穏やかに先を促す。

「それから……？」

「突き飛ばされたりしました。そのうちに、プロレスの技をかけられたり、殴られたりするようになりました。回し蹴りされたこともあります……」

「徐々にエスカレートして、暴力を振るわれるようになったということね」

「はい。それから、お金を持ってこいと言われるようになって……」

「どうしたの？」

「持って行かないと、ひどい目にあわされるので、小遣いとか持って行きました。貯金はたちまちなくなったので、母さんのカードで金を下ろしたりしました……。どうすることもできなくて、死ぬしかないと考えたこともあります」

「それで、学校に行かなくなって、引きこもっていたのね」

「避難していたんです」

「避難……？」

「自分の部屋から出なければ、あいつらに会うこともありませんから……」

典型的ないじめのパターンだ。だが、よくある話、では片づけられないと竜崎は思った。いじめられていた経験があるのでよくわかる。誰にも助けを求められない絶望感はとても言葉にはできない。

「玉井のグループというのは、全部で何人くらいなの？」

「玉井を入れて四人でした」

では、今署で身柄を押さえている三人が構成メンバーのすべてということになる。

意外と少ないのだなと、竜崎は思った。

ギャングを気取っているからには、構成員の数も多かったのだろうと思っていた。

同じことを思ったのか、根岸が言った。

「もっと大人数だという印象を持っていたけど……」

「もともと四人でした」

「今は違うということ？」

「ルナティックになってから、人数が増えたようです。僕は詳しいことは知りません。僕をいじめていたのは、玉井たち四人でした」

玉井一派などと呼ばれた頃は四人だけのグループで、ルナティックと名前を変えてから人数が増えたということか……。それはなぜなのだろう。

　根岸の質問が続いた。

「玉井が亡くなったことは知ってるわね？」

「はい」

「殺されたということも？」

「知っています。ニュースで見ました」

「誰がやったのか、心当たりはある？」

「さあ、心当たりはありません」

「噂なんかを聞いたことはない？」

芦辺は戸惑ったように下を向いた。

根岸はさらに言った。

「何か聞いているのね」

芦辺は下を向いたままこたえた。

「ルナリアンがやったって……」

「ルナリアンが、玉井を殺したという意味ね？」

「はい……」

「それについて、あなたはどう思うの？」

「どうって……」

相変わらずうつむいたまま、眼を左右に動かしている。

「ルナリアンのことは知っていた？」

「ええ……。ネットで有名ですから……」

「ネット……。部屋に閉じこもっていたときも、ネットは見ていたのね？」

「ええ……」

「スマホ？　パソコン？」

「両方です」

竜崎は、おやと思った。

芦辺の口調が変わったような気がした。急にぞんざいになったように感じたのだ。

下を向いたままだが、視線を右横にずらした。これは、いわゆる「そっぽを向く」というのと同じような仕草だ。

何か気に入らないことがあるのだろうか。

竜崎がそう思ったとき、戸高が口を開いた。

「ネットのことを訊かれるのが嫌なのか？」

芦辺は驚いたように戸高を見た。ここで彼が誰かと眼を合わせたのは、これが初めてのように思える。

芦辺はまた、すぐに眼をそらしてうつむいた。

「いえ、別にそんなことはないです」

戸高が質問した。

「部屋に閉じこもって何をしていたんだ？」

「いえ、別に……。ゲームをやったり、本を読んだり……」

「本……？　どんな本だ？」

「漫画とか……」

「漫画なんて、すぐに読み尽くしちゃうだろう。ずっと部屋にいて、本屋に買いに行ったわけじゃないんだろう」

「ダウンロードしてスマホとかで読みました」

「なるほど……。今どきは、そういうことができるんだな」

それきり、戸高は黙った。根岸は戸高をちらりと見てから、質問を再開した。

「玉井とルナリアンは、どんな関係があるのかしら」

「さあ……。僕は知りません」

「何か関係があると思う？」

「わかりません」

「玉井のグループがルナティックという名前になったことと、ルナリアンとは関係があるのかしら」

芦辺がちらりと根岸の顔を見た。

彼が他人と眼を合わせたのは、これで二度目だ。なぜ、彼は根岸の顔を見たのだろう。質問の意図がわからなかったからだろうか。それとも、根岸の表情をうかがう必要があったのだろうか。

芦辺がこたえた。

「知りません」

また眼を伏せる。

竜崎は、芦辺を見ているうちに、妙な感覚に陥った。彼は相変わらず、小心そうにおどおどしている。

だが、それがもしかしたら演技ではないかという気がしてきた。根拠はない。ただ、そう感じるのだ。

彼は二回、他人と眼を合わせた。最初は戸高と、そして、根岸と……。その瞬間、竜崎には、芦辺が別人のように感じられた。

根岸が言った。

「前原弘喜という人を知っている?」

「いいえ、知りません」

芦辺は、うつむいたままこたえた。

「他に何か、事件について知っていることはない?」

「ありません」

「わかった。ありがとう」

根岸は、戸高を見た。戸高はじっと芦辺を見つめたまま言った。

「竜崎伸也という人を知っているか？」

芦辺は、驚いたように戸高を見た。

「いいえ、知りません」

戸高を探るような眼で見ている。そしてまた、すぐに眼を伏せた。

戸高は言った。

「ご協力、ありがとう」

芦辺雅人からの事情聴取を終えて、小会議室を出た。玄関まで、根岸が付き添うことになっていた。

竜崎は、今の尋問で感じたことを戸高と話し合おうと思っていた。そのとき、大きな声がした。

「どうしてここにいるんだ」

何事かと、竜崎はそちらを見た。

玉井の仲間だった少年たちの一人が、係員に付き添われて廊下に出て来たところだった。芦辺と鉢合わせしたのだ。

戸高が舌打ちした。彼は係員の不注意を心の中で非難しているのだろう。

たしかに、三人の少年と芦辺が顔を合わさないように、細心の注意を払うべきだった。

芦辺は、玉井の仲間のことを恐れているだろう。だから、思わず叫んでしまったに違いない。

竜崎はそう思った。だが、見ているとそうでないことがわかってきた。叫んだのは、玉井の仲間のほうだった。

彼は取り乱していた。パニックと言ってもよかった。

いったいこれはどういうことだ……。

根岸は芦辺を急いで玄関に連れて行った。それで、事態は収拾した。だが、その一瞬の出来事は、その場に強い違和感を残していた。

戸高と竜崎はしばしその場に立ち尽くしていた。やがて竜崎が言った。

「今のはどういうことだ？」

戸高がこたえる。

「さて……。玉井一派の少年のほうが、完全にびびってましたね」

「本来なら、逆だろう」

「そうですね……」

「芦辺を事情聴取して、どう思った？」

戸高は、横目で竜崎を一瞥してから言った。

「根岸の意見も聞きたいんですが……」

「つまり、何か気になることがあるということだな」

戸高はこたえない。

竜崎は、今使っていた小会議室を指さして言った。

「俺はここで待っている。根岸を連れてここに来てくれ」

「わかりました」

竜崎は部屋に戻り、椅子に腰かけた。

芦辺からの事情聴取について思い返していた。ほどなく、戸高と根岸がやってきた。

「かけてくれ」

彼らは竜崎の向かい側に並んで座った。

竜崎はさきほど戸高にした質問を繰り返した。

「芦辺から事情聴取して、どう思った？」

まず根岸がこたえた。

「典型的ないじめの被害者ですね」

「そうだな」

「ただ、典型的過ぎるような気もします」

「どういうことだ？」

「いじめの被害者というのは、もっと複雑な反応を示すものです。本人の心理状態が揺れているからです。被害者意識を持ちつつ、妙に強がったり……。動揺している分、わかりやすいとも言えます。小動物が怯えて抵抗するようなものです。でも、今日の芦辺君は、ずいぶんと感情がフラットだという印象を受けました」

「感情がフラットか……。だが、おどおどしていた」

「ずっと同じ反応でした。感情に変化が見られなかったのです」

「それはどういうことだ？」

「ええと……。ＰＴＳＤでも同じような反応が見られることがありますので、一概には言えませんが……」

「思ったことを言ってみてくれ」

「おどおどした振りをしていた、とも考えられます」

竜崎はうなずいて、戸高に尋ねた。

「おまえはどうだ？」

「署長のお名前を拝借しましたよね」

「ああ」

「そのとき、驚いた様子で、あいつは俺を見ました。あれが、普通の反応ですよ。まったく知らない人の名前を突然出されたら、きょとんとしてしまいます」

「そうだな」

「ところが、根岸が前原弘喜のことを尋ねたとき、芦辺はうつむいたまま、即座に知らないとこたえたんです」

「つまり、芦辺は前原弘喜のことを知っている可能性があるということだな」

戸高と根岸が同時にうなずいた。

しかし、それはいったいどういうことなのだろう。竜崎は考え込んだ。

21

竜崎は考えながら言った。

「芦辺雅人は、ほとんど誰とも眼を合わせなかった。だが、三回だけ質問者の顔を見た。最初は、戸高がネットについて質問したときのことだ」

戸高がうなずいた。

「ネットのことを訊かれるのが嫌なのか、と尋ねたときですね」

「そうだ。二回目は根岸が質問をしたときだ。玉井グループがルナティックと名乗りはじめたのは、ルナリアンと何か関係があるのか、と尋ねたときのことだ」

根岸が言う。

「はい。覚えています」

「そして、三回目は、戸高が俺の名前を出したときだ。その三回は何を意味しているのだろう」

根岸が即座にこたえた。

「動揺したのだと思います。彼が私たちと眼を合わせなかったのは、たぶん心理の動きを読み取られないためです」

「どういうことだ？」

「困惑したり、嘘をついたり、隠し事をしたり……。そういう心理的な動きは必ず眼に現れます。警察官は、そういうものを感じ取るのに慣れています。だから、それを避けるために、眼を合わせなかったのだと思います」

「だが、三度だけ、動揺してうっかりとこちらの眼を見てしまったということだな」

「そう思います」

「もし、そうだとしたら、芦辺雅人は、どうして心理の動きを読まれまいとしたんだ？」

　戸高がこたえる。

「自分を守るためですかね……。長い間いじめにあっていたので、自然とそういう習慣が身についた、ということかもしれません。いじめられた犬や猫が異常なくらいに用心深くなるのと同じかもしれない」

　根岸が言った。

「それは充分にあり得ることだと思います。いじめというのは、徹底的に心を痛めつけるものですから……」

俺も経験しているから、その点については理解できる。竜崎はそう思った。

戸高が言う。

「でも、別の可能性もあります」

「別の可能性……」

「何か警察に知られたくないことがあるのかもしれません」

竜崎はその言葉についてしばらく考えていた。戸高が続けて言う。

「彼は、ネットのことについて尋ねると、俺の顔を見ました。それだけじゃなく、急にうけこたえがぞんざいになったように、俺は感じました」

竜崎は言った。

「同じことを、俺も感じた」

「それは、おそらく優越感のせいでしょう。ネットのことを訊かれるのが嫌なわけじゃなく、ネットに詳しくないやつから質問されることが不愉快だったのだと思います」

「芦辺雅人は自分がネットに精通しているという自信がある。つまり、そういうことだな」

「俺はそう思いますね」

根岸が戸高に尋ねた。

「ルナティックとルナリアンが関係あるかどうか尋ねたときに、眼を合わせたのはなぜかしら……」

「意外な質問だったから……。そうでなければ……」

「そうでなければ？」

「そのこたえを知っていたからだ。だから、やはり優越感から根岸のことを見たのだろう」

竜崎は戸高に尋ねた。

「どっちだと思う？　ただ意外な質問だったからか、こたえを知っていたからか……」

「後者だと思いますね」

戸高のこたえは自信に満ちている。竜崎も、同じことを感じていた。

竜崎は言った。

「三度目は、本当に不意をつかれたのだろうな。まったく知らない名前について訊かれたので……」

戸高がうなずく。

「そうでしょうね。でも、それで芦辺が前原弘喜のことを知っているらしいことがわかった」

　根岸が言う。

「断定はできませんよ」

　戸高は根岸を見て言った。

「だが、ほぼ確実だと思う」

　竜崎は、戸高と根岸の話から一つの仮説が浮かび上がったことに気づいた。だが、それは思いつきに過ぎないかもしれないと思った。

　だから、検証する必要があった。

「芦辺雅人は、あくまでいじめの被害者としてここにやってきた。そして、その前提で話を聞いた。だが、話を聞いてみて二人とも違和感を覚えたということだな？」

　二人はうなずいた。竜崎は話を続けた。

「俺も違和感があった。つまり、三人とも芦辺雅人について、何らかの疑念を抱いたということだ」

　二人は再びうなずく。戸高の表情は読めないが、根岸は竜崎に何かを期待しているような眼差し（まなざし）だ。

「違和感の理由の一つは、芦辺雅人が我々と眼を合わせまいとしていたからだ。それについて戸高は、何か警察に知られたくないことがあるのではないかと言った」

「はい」

竜崎に言われて、戸高がこたえる。「根拠はありませんが、充分に考えられることだと思います」

「根拠はこの際、置いておこうと思う。推論が優先だ。後で裏を取ればいい」

「そうですね……。それで……？」

戸高に先を促されて、竜崎は続けた。

「心の動きを読まれまいとして、我々と眼を合わせることを避けていた芦辺雅人だが、例外的に質問者と眼を合わせたことがあった。そのことから、三つの事実が想定された。第一は、ネットに精通していること。第二は、ルナティックとルナリアンの関係を知っているらしいこと。そして、第三は、恐喝の被害者である前原弘喜を知っているらしいことだ」

戸高の眼差しにも熱がこもってきた。竜崎は、戸高と根岸の表情を確認しつつ、話を進めた。

「玉井のグループと見られている三人の少年のうちの一人と、芦辺雅人が署内で鉢合わせしてしまった。これはアクシデントだったが、両者の反応は意外なものだった。いじめられていた芦辺のほうが怯えるのなら話はわかるが、実際には玉井グループの一人のほうが怯えていた」

戸高が言った。

「それも、尋常じゃない怯え方でしたね」

「三人は、最初に話を聞いたときから、誰かを恐れている様子だった」

根岸が言う。

「もしかしたら、芦辺を恐れていたのかもしれませんね」

竜崎はうなずいた。

「そう考えれば、辻褄(つじつま)が合う」

戸高もここまでの話に納得している様子だ。

竜崎は核心に触れることにした。

「これまでいくつか条件が提示された。まず、ネットに精通しているという条件、そして、ルナティックとルナリアンの関係を知っているらしいという条件、玉井グループに恐れられているという条件……。これらの条件があてはまる人物が一人だけいる」

戸高と根岸が無言で竜崎を見つめる。

竜崎は言った。

「そう。ルナリアンだ」

根岸が大きくうなずいた。

「私もそう思います。芦辺雅人がルナリアンなのかもしれません」

竜崎はさらに言った。

「芦辺雅人は、前原弘喜を知っていたようだ。もし彼がルナリアンなら、なりすましメールなど朝飯前だろう。つまり、芦辺雅人が前原弘喜に脅迫メールを送った可能性がある」

「なるほど……」

戸高が言う。「前原に脅迫メールを送っておいて、同様になりすましメールで玉井を呼び出す。そうして、玉井に濡れ衣を着せたわけだ」

「いじめの復讐をするために……」

根岸の言葉に戸高がうなずいた。

「そういうことだな」

「玉井に呼び出されたと思い込んでいる前原は現金を差し出す。前原に呼び出されたと思い込んでいる玉井は何のことかわからず、苛立(いらだ)つ。前原が、自分を恐喝犯と誤解していることに腹を立てた玉井が前原の襟首をつかんで背後のシャッターに押しつける……。私が見た場面はそういうことだったと考えられますね」

竜崎は慎重になって言った。

「今言ったことは、推論に過ぎない」

それに対して、戸高が言った。

「それはそうですが、それ以外の説明を思いつきませんね」

根岸が同調する。

「私も、それが一番筋が通るし、今回の殺人事件と前原さんの恐喝事件を見事に結びつけて説明できると思います」

竜崎は立ち上がった。

「すぐに岩井管理官に話をしよう」

竜崎、戸高、根岸の三人は、捜査本部に向かった。

「芦辺雅人に、すぐ監視をつけてくれ」

竜崎は捜査本部に戻ると管理官席に行き、岩井管理官に命じた。

岩井管理官は、竜崎、戸高、根岸の三人の顔を見て、目を瞬（しばたた）いた。

「何事ですか？」

竜崎は言った。

「芦辺雅人がルナリアンである可能性がある」

「は……？」

竜崎は、今、戸高や根岸と話し合ったことを岩井管理官に伝えた。岩井管理官は、話を聞き終えると言った。

「それより、例の三人のうちの一人が、殺人を自白したんです」

「自白……？」

「はい。今、詳しく話を聞き直しているところです」

戸高が岩井管理官に尋ねた。

「自白したのは、どの少年ですか？」

「藤宮一樹（ふじみやかずき）という少年だ。これまで一貫して何も知らないと言っていたんだが、急に自分たちがやったと言いだしたそうだ」

戸高がさらに質問する。

「自白を始めたきっかけは？」

「さあな……。捜査員たちが、防犯カメラの映像に映っていたことなどを指摘して、辛抱強く追及したからだろう」

「芦辺雅人と鉢合わせしたのが、その少年なんじゃないですか？」

岩井管理官が怪訝そうな顔をする。

「芦辺雅人と……？」

「ええ。それを確認したいんですけど」

岩井管理官が竜崎を見た。竜崎は指示した。

「至急、確認してくれ」

「わかりました」

電話を切ると岩井管理官はどこかに電話をかけた。相手は取り調べ中の捜査員だろう。

「すぐに、担当者がこちらに来るそうです」

その言葉どおり、五分後に取り調べ担当者がやってきた。警視庁本部捜査一課の係員だ。

「お呼びですか？」

竜崎が質問した。

「藤宮という少年が犯行を自白したということだが、そのきっかけは？」

「きっかけですか……。防犯カメラに映っていたことを指摘しましたので、言い逃れができないと判断したんじゃないかと思います」

「何か変わった様子はなかったか？」

「変わった様子と言えば……。何だか急にうろたえはじめたように見えましたね」

「何かあったのか？」

「トイレに行きたいというので、行かせました」

「そのときに、芦辺雅人と鉢合わせしたな」

「芦辺雅人……？　ああ、いじめられていたという少年ですね。たしかに、そんなことがありましたね」

「自白を始めたのは、芦辺雅人と会った後じゃないのか？」

「たしかにそのとおりですが……」

竜崎は岩井管理官に言った。

「藤宮という少年は、心底芦辺雅人を恐れていた。芦辺雅人がルナリアンだからだろう」

「だから、監視しろと……」

「そう。大至急手配してくれ」

「芦辺雅人には、どんな容疑がかかるんですか？　みんなに恐れられているからといって、罪に問うわけにはいきませんよ」

「不正アクセス禁止法違反、恐喝に殺人教唆……。いろいろと容疑はある。急いでくれ」

「そうおっしゃるのなら……」

岩井管理官が手配をした。戸高が言った。

「俺たちも監視に回ります」

竜崎は言った。

「おまえたちは顔を見られている」

「芦辺はすでに、自分が疑われていることを知っているはずです。顔を知られていても関係ありませんよ」

竜崎はうなずいた。

「わかった。向かってくれ」

戸高と根岸がいっしょに捜査本部をあとにした。

取り調べ担当の捜査員が言った。

「では、自分は取調室に戻ります」

竜崎が尋ねた。

「自白の内容について教えてくれ」

「自分たち三人が、玉井を殺害したと……。暴行した後三人で押さえつけて、池で溺れさせたのだと言っています。手口は証言と一致しています」

「自分たちの意思で殺したと言っているのか？」

「そうです」

「動機は？」

「まだはっきりしたことはしゃべっていません。これから詳しく聞き出すつもりです」

「他の二人は？」

「自白はまだですが、一人が落ちたので時間の問題だと思います」

「まだ落ちたとは言えない」

「は……？」

「藤宮は、芦辺雅人が恐ろしくて、自分たちの意思でやったと言ってしまったんだ。まさか、警察署で芦辺の姿を見るとは思ってもいなかったのだろう。それですっかり気が動転してしまったに違いない」

　岩井管理官が竜崎に尋ねた。

「先ほど、殺人教唆とおっしゃいましたね。つまり、芦辺があの三人に玉井殺しを教唆したということなのですか？」

「その可能性が高いと思う」

「前原弘喜に対する恐喝事件についても、芦辺が被疑者だとおっしゃいましたが……」

「それも含めて、すべてが芦辺の計画だったに違いない。さらに言えば、おそらく私鉄や銀行に対するサイバー犯罪も計画の一環だったのだろう」

「サイバー犯罪が……」

　岩井管理官は眉をひそめた。「関係性がよくわかりませんが……」

「奇跡を起こして見せるのに似ていると思う。キリストが奇跡を起こすたびに、人々は彼を畏れ敬うようになった」

「はあ……」

「卑弥呼の時代に、西日本で日食があったのだそうだ」

「日食ですか……」

岩井管理官はきょとんとした顔になった。

「そうだ。日食などという天体の現象を知らなかった人々は、太陽が欠けていき周囲が暗くなる様子を見て、心底恐怖を感じたに違いない。それが人々に語り継がれ、やがて『天岩戸(あまのいわと)』の伝説となったと言う者もいる。その時代に日食を予測できる者がいたとしたら、たやすく大衆を操ることができただろう。現代において、ネットを駆使してサイバー犯罪を起こすハッカーは、それと同じくらいの影響力を持つのかもしれない」

「はあ……」

岩井管理官はぴんと来ない様子だ。竜崎は、続けて言った。

「喩(たと)えが悪かったかもしれない。つまり、サイバー犯罪で世の中を騒がせることで、芦辺は藤宮たちに自分の力を見せつけたんだ」

言いながら、竜崎は田鶴から聞いた話を思い出していた。芦辺が伝説のハッカーだとすれば、私鉄や銀行のシステムダウンなど、彼にとっては造作ないことだったのかもしれない。

岩井管理官が竜崎に尋ねた。

「つまり、こういうことでしょうか……。いじめられていた芦辺雅人が、玉井に仕返しするために、まず恐喝事件をでっち上げた……。それで玉井は少年院に収容されましたが、さらに復讐は続き、三人の仲間に玉井を殺させようとした。自分の力を誇示して言うことを聞かせるために、三件のサイバー犯罪を起こした……」

「単純に言うとそういうことだろう。いじめが重大な犯罪に発展することがある。いじめられた者が自殺するという例もある。だが、今回は逆だった。いじめられた者がいじめた側を殺害したんだ。いじめが始まったとき、玉井たちはまさか、自分たちがいじめているのがルナリアンだとは知らなかったに違いない」

それまでじっと竜崎と岩井の話を聞いていた、取り調べ担当の捜査員が言った。

「サイバー犯罪までが同じ事件の一環だったということですか……。とにかく、その線で、追及してみましょう」

竜崎はうなずいた。

「頼む」

捜査員は、一礼してその場を去って行った。

竜崎は岩井管理官に言った。

「芦辺雅人の逮捕状は取れないだろうか」

「殺人教唆の、ですか……。現時点では裁判所が納得しないでしょうね」

「何の罪状でもいい。身柄を押さえて、パソコンなどを差押えできれば……」

「証拠湮滅をする恐れがありますね。伝説のハッカーなら犯罪の痕跡をことごとく消そうとするでしょう」

「そうだ。捜査が後手に回るかもしれない」

「その線で、捜索・差押えの令状を申請してみましょう」

「至急頼む」

「了解しました」

竜崎がひな壇の席に着くと、ほどなく川合と西沢のコンビが戻って来た。彼らは、脅迫メールを入手するために、前原弘喜のもとに行っていたはずだ。

川合が管理官席で報告するのが聞こえた。

「前原弘喜からパソコンを拝借してきました。脅迫メールが保存されているそうです」

竜崎は岩井管理官に向かって大きな声で言った。

「サイバー犯罪対策課の専任チームに田鶴という者がいる。彼にそのパソコンを渡してくれ」

岩井管理官が聞き返す。

「警視庁本部の生安部ですね？」

「そうだ。ルナリアンについての捜査を指示してある」

「わかりました」

岩井管理官は、川合と西沢にそれを指示した。二人が出て行くと、竜崎は田鶴に電話した。

呼び出し音五回で出た。

「はい、田鶴です」

ひどく疲れた声だ。

「竜崎だ。今、なりすましメールが保存されているパソコンを、捜査本部の者が届ける」

「誰のパソコンですか？」

「殺害された少年に恐喝されたということになっている人物だ。名前は前原弘喜」

「ログインのパスワードとか、入手済みでしょうね。そうだと手間が省けるんですが」

「持っていく捜査員に訊（き）いてくれ」

「了解です」

「たいへんそうだが、どんな具合だ？」

「サイバー犯罪の犯人は次々とサーバーを経由するので、なかなか侵入経路を追跡できません。やはりかなり腕のいいハッカーです。苦労してますよ」

「ルナリアンの正体がわかりそうだ」

「マジっすか。いったい誰なんです？」

これも署長に対する言葉遣いとは思えないが、田鶴なら許せる気がする。不思議なやつだ。

「まだ、はっきりしたことは言えない。その人物のパソコンやスマートフォンが入手できたら、捜査の役に立つか？」

「データがすべて消されていなければ、おおいに役に立つでしょうね。さまざまなフィールドからログを拾い出すことができるはずですから……」

「追って知らせる」

竜崎は電話を切った。

22

午後七時になろうとするとき、田端課長がやってきた。席に着くと、彼はさっそく竜崎に尋ねた。

「自白したそうですね」

「まだ完落ちというわけじゃありません。ある人物を恐れて、すべての罪をかぶろうとしているようです」

「岩井管理官から話は聞いています。彼らは、いじめの対象だった芦辺雅人を恐れているのだそうですね。芦辺がルナリアンなのではないかと……」

「そう考えれば、すべての辻褄が合います」

「それで、捜索・差押えの令状を裁判所に申請したのですね」

「はい。芦辺雅人には監視を付けています」

「芦辺雅人の自宅を捜索する根拠が、少々薄いと思いますが……」

「専門家が彼のパソコンやスマホを解析すれば、彼の容疑は明らかになるはずです」

「うーん。鶏が先か卵が先かという議論になりそうですね。わかりました。裁判所が何か言ってきたら、私が出向いて説得しましょう」

「捜査一課長が……」

「それで事件が解決するなら、何でもしますよ」

田端捜査一課長は人望が篤いと聞いている。なるほどと、竜崎は思った。

電話をしていた岩井管理官が、受話器を置いて、ひな壇のほうにやってきた。

「裁判所で令状を待っている捜査員からです。裁判官から詳しい説明を求められたということです」

やはりか……。竜崎は思った。やはり裁判所は慎重だ。警察が簡単に誰でも逮捕できるのは問題だから、裁判所のこの対応は当然のことと言わなければならないだろう。

田端課長が言った。

「では、俺が行って説得してこよう」

それを聞いて、竜崎は言った。

「いや、私が行きましょう。課長はここで指揮を執ってください」

田端課長は戸惑ったような表情で言った。

「芦辺に関する経緯は署長のほうがよくご存じでしょう。署長が指揮を執られるほうがいいのでは……」

「経緯を知っているからこそ、裁判官を説得するのに適任だと思います」

田端課長は、時間を無駄にするようなことはしなかった。うなずくと彼は言った。

「わかりました。お願いします」

竜崎はすぐに公用車で裁判所に向かった。

裁判官は、想像していたよりずっと若い男だった。おそらくまだ三十代だろう。判事になったばかりに違いない。やる気はあるがまだ自信がない。だから、令状の発行にも慎重にならざるを得ないのだ。

彼は、署長が直々（じきじき）に説明にやってきたということで少々驚いた様子だった。

「捜索と差押えの令状を申請する根拠が薄いと思うのですが、口頭で説明していただけますか」

竜崎は説明を始めた。芦辺雅人が、不正アクセス禁止法違反によって恐喝に関与している疑い、殺人教唆の疑い、そして三件のサイバー犯罪の疑いがあることを、できるだけわかりやすく述べた。

話を聞き終えると、裁判官は言った。

「それらの犯罪に関与しているという根拠が明示されていません」

「芦辺雅人の罪は状況から見て明らかだと思います。彼のパソコンやスマートフォンなどを押収して解析することで、犯罪の確証が得られるはずです」

裁判官はかぶりを振った。

「警察官の思惑だけで強制執行を認めるわけにはいきません」

「すべての人の権利は守られるべきです。それはよく心得ています。しかし、犯罪者を見逃すことで、その他の人々の権利を大きく損ねることになる恐れがあるのです」

「芦辺雅人がルナリアンだとお考えのようですね」

「ルナリアンをご存じですか」

「ネット上の架空の存在かと思っていました」

「サイバー犯罪対策の専門家によると、実在するハッカーだそうです」

「それは興味深いですね」

「証拠湮滅の恐れがあるので、緊急を要します。ルナリアンは、サイバー犯罪の痕跡を消そうとするはずです」

裁判官はしばらく考えてから言った。

「わかりました。捜索および差押え令状を出しましょう」

竜崎はその場を去ろうとした。裁判官が言った。

「行きすぎた捜査がないように、あなたがコントロールしてください」

竜崎はこたえた。

「言われるまでもありません」


竜崎は戸高に電話をかけた。

「捜索・差押え令状が取れた。これから届けに行く」

「署長が、ですか？」

「俺が裁判官に説明をした。令状は俺が持っている。俺が届けるのが一番早い」

「芦辺雅人の自宅を張り込んでいます。大森南一丁目のマンションです」

詳しい場所を聞き、それを運転手役の係員に告げた。二十分後に、現場近くに到着し、再び戸高に電話をかけた。

「すぐに取りに行きます」

その言葉どおり、戸高はほどなく姿を見せた。竜崎は後部ドアを開けて、令状を手渡した。

戸高が尋ねた。

「ガサは俺たちでやるんですね？」

「監視は何人だ？」

「全部で四人しかいませんよ」

「では、俺も行こう」

「署長が、ガサ入れですか」

「何かの役には立つと思う」

「まあ、危険はないと思いますが……」

竜崎は車を下りた。

芦辺を監視している捜査員たちは、一ヵ所に集まっていた。マンションの玄関が見える路地の角だった。おそらく、戸高が集合をかけたのだろうと思った。

捜査一課の係員が一人。大森署の強行犯係の係員が一人。根岸と戸高、それに竜崎が捜索のメンバーだ。

戸高が竜崎に言った。

「署長が仕切りますよね」

「いや、おまえが令状を持っているんだ。おまえが仕切るんだ」

戸高は、遠慮とか謙譲とかいう言葉とは無縁だ。

「では行きましょう」

五人でマンションを訪ねる。インターホンのボタンを押すと、中年女性の声がこたえた。

「はい」

戸高が言う。

「警視庁大森署の者です。玄関を開けてもらえますか」

すぐに玄関が開き、中年の女性が不安げな顔を覗(のぞ)かせた。

戸高が尋ねる。

「芦辺雅人君のお母さんですか？」

「はい……」

戸高は令状を広げて掲げた。

「これから、お宅を捜索させていただきます」

「え……。あの……」

「捜索は芦辺雅人君の部屋を中心に行うことになると思います。案内していただけますか？」

「どういうことでしょう」

戸高は事務的に繰り返す。

「雅人君の部屋に案内してください」

母親は抵抗を試みようという姿勢を見せたが、すぐに諦めた様子で、奥に引っ込んだ。捜査員たちが靴を脱いで進んだ。

母親がドアをノックする。

「雅人、警察の方がいらしてるわよ」

しばらくして、ドアが開いた。芦辺雅人が顔を出す。戸高が令状を見せた。

「十月十九日、午後八時二十九分。捜索及び差押え令状を執行します」

母親は完全にうろたえている。だが、それとは対照的に芦辺雅人は異様なほど無反応だった。

どんな人間でも、突然警察が訪ねて来て捜索をすると言われればうろたえる。母親の反応が普通なのだ。

だが、芦辺雅人は表情を変えない。意思の疎通ができない非現実的な存在と直面しているような感覚だ。

戸高たちは、淡々と作業を開始する。部屋は「引きこもり」という言葉から想像されるものとはまったく印象が違っていた。

乱雑に散らかった部屋を思い描いていたのだが、芦辺雅人の部屋は驚くほどきちんと整頓されていた。ベッドすら整えられている。

その部屋の様子を見て、竜崎はまた違和感を覚えていた。生活感のない部屋でパソコンに向かい続ける少年。その姿を想像して異世界の存在のようだと感じていた。

戸高たちは、ノートパソコンと、デスクトップのパソコン、ハードディスク、スマートフォンなどを押収した。

捜査一課の捜査員が言う。

「ワイファイルーターなんかも必要だろう」

彼と組んでいる大森署強行犯係の係員が、母親にルーターの位置を尋ね、それを取り外した。

その作業の間、芦辺雅人は終始無表情だった。竜崎は、彼に言った。

「改めて話を聞きたいので、もしよければ、署に同行してもらえませんか？」

母親が厳しい表情で言う。

「雅人がいったい何をしたと言うんですか」

竜崎は彼女に言った。

「彼はいじめにあっていました」

「いじめに……。でも、捜索とか差押えとか、まるで犯罪者扱いじゃないですか」

「いじめは、いじめだけで終わらないことがあるのです」

母親はさらに説明を求めようとしていた。だが、そのとき、芦辺雅人がその言葉を遮った。

「いいですよ」

彼は言った。「話をしましょう」

その時彼は、まっすぐに竜崎の眼を見ていた。そして、かすかにほほえんだように見えた。

そのとき、竜崎は確信した。

彼はルナリアン、月に棲（す）む者だ。


押収したパソコンやその周辺機器、スマートフォンなどは、竜崎の指示で、田鶴のもとに運ばれた。

芦辺雅人の身柄は、先ほどと同じ小会議室に運ぶように指示した。竜崎は、戸高と根岸に同席を求めて、芦辺雅人から話を聞くことにした。

捜査本部でその旨（むね）を田端課長と岩井管理官に告げた。田端課長が言った。

「令状の件で裁判官に会いにいらしたり、事情聴取なさったり、署長はまさに八面六臂ですな」

現場で仕事をできるのも、これが最後かもしれない。竜崎はそのとき、そんなことを思っていた。

携帯電話が振動した。サイバー犯罪対策課の風間課長からだった。

「パソコンやら何やらが専任チームに持ち込まれたんですが、これはどういうことです？」

「やるべきことは、田鶴が心得ています」

「前園生安部長から、何か言われていませんか？　生安部の事案に直接指示されるのは、問題だ、とか……」

「たしかに、そんなことを言われました。しかし……」

竜崎の言葉を遮るように、風間課長は言った。

「話をお聞きになっていれば、それでいいのです」

「ほう……」

「部長から注意を受けたという事実があれば、私のほうからは何ら言うことはありません。ただ、ご協力に感謝するだけです」

「驚きましたね。あなたは、私のやり方を不愉快に感じているものと思っていました」

「ただサイバー事件を解決したいだけです。田鶴君を吸い上げたのも、彼が優秀だからです。他意はありません」

「事件を解決したいのは、私も同じです」

「運び込まれたパソコンの持ち主が、三件のサイバー犯罪の犯人である可能性があるわけですね？」

「ルナリアンと呼ばれる伝説のハッカーではないかと考えています」

「伝説のハッカーかどうかには関心がありません。しかし、鉄道会社、銀行、そして文科省のホームページに対するサイバー犯罪の犯人かもしれないとなると、無視はできません」

「田鶴は、パソコンやスマホを解析すれば、必ず何か痕跡が見つかると言っていました」

「解析は我々に任せてください。何かわかったら、すぐにお知らせします」

「お願いします」

風間は、前園部長の顔色を見ながらうまく立ち回っているということか……。彼の立場がようやく理解できた気がした。いずれにしろ、竜崎と対立しているわけではなかった。

　竜崎が電話を切ると、岩井管理官が近づいてきた。

「プロバイダーから返事がありました」

「脅迫メールの件か？」

「はい。ログを提供する用意があるということでした」

「それを、サイバー犯罪対策課の専任チームに知らせてくれ」

「了解しました」

　ごく近いうちに、風間か田鶴からいい知らせがあるに違いない。竜崎はそう思いながら、刑事課の小会議室に向かった。


　小会議室の芦辺雅人は、先ほどとは印象が違っていた。

　まったく同じ服装で、まったく同じ位置に座っている。だが、竜崎はまるで彼が別人であるかのように感じていた。

　それはおそらく戸高や根岸も同様で、彼らもどこか戸惑った様子だった。

　竜崎は言った。

「突然、パソコンなどを押収して、申し訳ないと思っています。だが、我々には事件を解決する責任があるのです」

先ほどとは打って変わって、芦辺雅人はまっすぐに竜崎を見ている。その眼差(まなざ)しは力強い。

眼を合わせていても、心理的な動きを読み取ることはできない。それくらいに揺るぎのない眼差しだ。

たしかに、いじめの被害者の眼ではない。先ほど眼をそらしていたのは、この強く揺るぎのない眼差しを隠すためだったのではないかと、竜崎は思った。

芦辺雅人はこたえた。

「別に気にしていません」

根岸が遠慮がちに、竜崎に言った。

「すでに午後十時過ぎです。相手は少年なので、あまり夜遅くまでの聴取は望ましくありません」

「わかっている」

それから竜崎は、芦辺雅人に言った。

「あくまで任意同行ですので、我々はあなたを拘束することはできません」

芦辺雅人は、かすかに笑みを浮かべた。

「帰りたいときに帰れる。そういうことですね」

「原則的にはそうです」

「でも、原則的な扱いはしたくない、と……」

「そんなことはありません。ただ、少し質問にこたえてもらいたいだけです」

「わかったよ」

芦辺雅人は微笑を浮かべたまま言った。「どんな質問？」

竜崎は言った。

「君がルナリアンなのか？」

23

竜崎が単刀直入に質問したことに、根岸や戸高は驚いたはずだった。だが、二人ともそうした反応を示さない。ただ無言で芦辺雅人を見つめている。

さすがに頼りになる、と竜崎は思っていた。

芦辺雅人は、一瞬はにかんだような微笑を浮かべた。穏やかな表情のまま、彼は言った。

「僕がその質問に、どうこたえると思っているんですか？」

「こたえを予測はしない。ただ質問するだけだ。君はルナリアンなのか？」

芦辺雅人の表情は変わらない。

「それで僕のパソコンやらスマホやらを押収したんですね？」

「そちらの質問にはこたえない。質問するのは我々だ」

「そっちは、王手をまだ打っていないじゃないですか。なのに、投了はできませんよ」

「これはゲームじゃない。ネット上の仮想現実でもない。実際の社会では、罪を犯せば処罰される。罪は償わなければならないんだ」

「打つ手がないんでしょう？　だったら、こちらも動きませんよ」

取り調べを、将棋かチェスのようなものだと勘違いしているのだろうか。あるいは、彼にとっては、人生すべてがゲームのようなものなのかもしれない。

優秀な人材が、そのような考え方しかできないのは、きわめて残念なことだと、竜崎は思った。

「なりすましメールなど、君にとっては簡単なことだろう」

「何の話ですか？」

「玉井が恐喝で捕まったことがある。それで保護処分を受けて少年院に入ることになった。その事件を精査してみると、不自然なことが多い。誰かがなりすましメールで、被害者と玉井を呼び出したと考えると、辻褄が合う」

「証拠はないんですよね」

「君は知らないかもしれないが、それは犯罪者の常套句なんだ」

芦辺雅人は同じ言葉を繰り返した。

「証拠はないんですよね」

「まだ証拠はない。だが、被害者のパソコンから、すでにそのときのメールを入手している。プロバイダーのメールサーバーからも入手するつもりだ。それを専門家が解析する。君のパソコンやスマートフォンも入手した。証拠が手に入るのは時間の問題だ」

芦辺雅人は、表情を変えずに竜崎の話を聞いていた。薄笑いを浮かべているようでもあった。

竜崎はさらに言った。

「君が玉井グループからいじめにあっていたことは事実のようだ。その仕返しをしたかったのだろう」

「仕返し……」

芦辺雅人は、そう言って苦笑を浮かべた。嘲笑（ちょうしょう）と言ってもいいかもしれなかった。

「そう。仕返しのために、君は玉井を罠（わな）にかけた。少年院から出て来た玉井は、それでも君に対するいじめをやめようとしなかった。いや、もしかしたらいじめがエスカレートしたのかもしれない。それで君は、藤宮一樹ら三人の少年に、玉井を殺害させた……」

芦辺雅人は、何もこたえなかった。

興味深げに竜崎を見ているだけだ。

そのとき、ノックの音が聞こえた。

根岸が立ち上がり、応対した。そして、彼女は言った。

「署長……」

竜崎は根岸のほうを見て立ち上がった。戸高も席を立った。

小会議室のドアの向こうには、一人の捜査員がいた。竜崎はドアを閉めてその捜査員に尋ねた。

「どうした？」

「藤宮ら三人の少年の送検の手続きが整ったので、お知らせするようにと、管理官が……」

三人は少年だが、兇悪(きょうあく)な事件なのでいったん検察に送るのだ。その後に家裁に送られる。おそらく検察に逆送されてくるだろう。

戸高が言った。

「芦辺の殺人教唆が証明できないと、玉井殺しの全(すべ)てが三人の罪ということになってしまいますね」

竜崎は言った。

「そうはさせない。三人を起訴して体裁を整えさえすれば検察は満足するかもしれないが、俺は納得しない」

「俺だって納得なんてしませんよ」

根岸が言った。

「芦辺雅人は、不気味ですね」

竜崎は聞き返した。

「不気味だって？」

「こちらの常識が通用しないような気がします」

「そんなことはない。ネットの話題や都市伝説のせいで、先入観があるのだろう」

「署長は彼を相手にして、不気味さを感じないのですか？」

「感じない。この部屋の中に座っているのは、罪を犯したただの少年だ。彼は自分のことを他人より賢いと思っているようだが、ただそれだけのことだ。彼が追い詰められているのは間違いない」

戸高が言う。

「たぶん、署長にしか、そんなことは言えませんよ」

「先入観を捨てればいいだけのことだ」

それから竜崎は伝令に来た捜査員に言った。「じきに、サイバー犯罪対策課にいる田鶴という係員から何か知らせがあるはずだ。すぐに知らせてくれ」

「了解しました」

竜崎はドアをあけて小会議室の中に戻った。根岸と戸高も、もとの位置に座る。

芦辺雅人は、相変わらず落ち着き払っている。

「立て続けに三件のサイバー犯罪が起きた」

竜崎は質問を再開した。「最初は鉄道会社、次は銀行、そして文科省のホームページだ。うちの署の専門家が、それらはルナリアンの犯行らしいと言っていた。つまり、君の犯行ということだな？」

芦辺雅人が、苦笑か嘲笑かを浮かべながら、言う。

「どうして僕が、そんなことをしたと思うんですか？」

「君は、玉井の仲間三人と、ルナティックと呼ばれるグループの人間を思い通りに操ろうとした。彼らを支配し、統率するためには、大きな力を見せつける必要があった。つまり、ハッキングでどんなことでもできるんだと、彼らに示そうとしたんだ」

「僕は、いじめの被害者です。ただそれだけです」

「藤宮が、君を見たときの様子は尋常じゃなかった。あれを見て、すべてが氷解した。藤宮があれほど恐れる理由は、私には一つしか考えられない。君がルナリアンだからだ」

「なりすましメールだとか、藤宮が僕を怖がっているだとか……。なんだか、あんまり意味がないことだと思うんですけど」

「意味がない……。そうかもしれない。おそらく君にとっては、三件のサイバー犯罪、そして玉井の殺害すら、前哨戦に過ぎなかったんだろう」

根岸と戸高が驚いた顔で竜崎を見た。

芦辺雅人は、壁の時計に目を移した。

「十一時になったら、帰らせてもらいます」

竜崎も時計を見た。十一時まであと三十分だ。三十分しかないと、根岸と戸高は思っているかもしれない。だが、竜崎はまだ三十分もあると考えていた。

「我々はそれを拒否できない。だが、君の言い方を借りれば、今のは悪手、つまりよくない一手だ」

「へえ……。どういうことです？」

「逃げ道を用意しようとした。自分が正しいと信じていれば、逃げる必要はないはずだ」

「遅くなるから帰りたいと思っただけです。明日も学校がありますし……」

「明日は土曜日だ。学校は休みじゃないのか？」

芦辺雅人は、表情を変えなかったものの、一瞬言葉を呑んだ。

「土曜日でも授業があるんです」

「君は、引きこもりで、このところ不登校だと聞いている」

「学校に行くことだってあります」

根岸が言った。

「あなたの学校は、明日は休みです」

芦辺雅人は、根岸を見た。冷ややかな眼差しだった。根岸も負けじと見返している。

彼女は先入観を捨てたのだろうか。その姿を見て、竜崎はそんなことを考えた。

根岸は付け加えるように言った。

「私は少年係なので、そういうことはよく把握しています」

ナイスアシストだ。

こうした攻撃が、確実に芦辺雅人を追い込んでいくはずだ。

再び芦辺の言い方を真似るようで気が引けるが、今の根岸の発言は手駒を打ち込んだようなものだと、竜崎は思った。

「彼女が、ルナリアンとルナティックの関係について尋ねたとき、君は彼女の顔を見た。それまでずっと目をそらしていたのに……。それはなぜだ？」

竜崎の質問に、芦辺雅人はこたえた。

「さあ、どうしてでしょう」

口調は変わらない。だが、その顔から笑みが消えている。彼は間違いなく追い詰められているのだ。

「両者の関係を知っているからだろう。玉井のグループはどうしてルナティックと名乗るようになったんだ？　それはルナリアンと何か関係があるのか？」

芦辺雅人は、口をつぐんだ。

時計の針は十時四十五分を指している。

竜崎はさらに芦辺雅人を追い込もうとした。

「君は、いじめられた仕返しに、なりすましメールを駆使して、恐喝事件をでっちあげた。そして、狙いどおり君は玉井を排除できた。だが、それは一時的なものでしかなかった。玉井は半年で少年院を出て来た。そして、再びいじめが始まった。だんだんといじめはエスカレートしていく。君は次の手段を講じなければならなかった。それが、玉井の仲間たちを支配することだった」

芦辺雅人は何も言わない。

ダンマリを決め込み、時間切れを待とうというのだろう。

竜崎はさらに言った。

「今の若者たちの人間関係はSNSなどネットに大いに依存している。ネットに通じている君は、彼らを恐怖に陥れることができた。簡単なことだ。例えば、藤宮たちのアカウントを盗んで、玉井の怒りを買うようなメッセージを送ったり、グループの中で孤立するような書き込みをすると脅せばいいんだ。玉井をはめて初めて逮捕させたのが君の仕業だと知った彼らに、いつか自分たちも同じ目にあうかもしれないと思わせることもできただろう」

芦辺雅人は無言だ。

時計の針は進み、残り五分となった。

「君は、玉井に知られず、彼の仲間に影響力を発揮していった。やがて彼らを思い通りに動かせるようになっていた。それから、彼らに玉井を殺害させる。それで君の復讐は完結した。だがおそらく、君の計画はそれで終わりではなかったんじゃないか」

芦辺雅人が口を開いた。

「時間です。帰らせていただきます」

竜崎は無言だった。芦辺雅人は窮地に立ち、逃げ出そうとしている。あと一つ、何か打つ手があれば……。

芦辺雅人が立ち上がった。

戸高と根岸も立ち上がった。竜崎は座ったままだ。

芦辺雅人がゆっくりと出入り口に近づいていく。そのとき、ノックの音が聞こえた。

芦辺雅人の行く手を遮るようにして、根岸が出入り口の前に立った。そして、ドアを開ける。

さきほど伝令に来た捜査員が、再び顔を見せた。

「田鶴という係員から報告です。玉井の恐喝事件で、被害者の前原弘喜に送られたメールは、間違いなくなりすましメールで、発信元は芦辺宅から押収したパソコンだということです」

竜崎は座ったまま、芦辺雅人を見ていた。芦辺は言った。

「そんなのは、はったりでしょう」

竜崎は言った。

「警察にも腕のいいハッカーがいるんだ」

伝令の捜査員がさらに言う。

「押収したパソコンには、ほとんどデータもソフトも残っていなかったようなのですが、痕跡を見つけたそうです」

芦辺雅人が言う。

「そんなはずはない」

捜査員がさらに言う。

「おそらく、注意深く消去されたのだろうということですが、クラウドにレジストリのバックアップが保存されていたそうです。パソコンのメンテナンスソフトが自動的にバックアップを取ったらしく、そこからアプリの痕跡を見つけたということです」

竜崎は、その言葉の内容を正確に把握できたわけではない。おそらく、捜査員も言われたとおりに伝えただけだろう。

だが、芦辺雅人にはその言葉が充分に効果的だったようだ。彼は、自分のミスに気づいたのだ。

「以上です」

伝令係の捜査員が言い、竜崎はうなずいた。

「ごくろうだった」

捜査員が去り、再びドアが閉じられた。

芦辺雅人は立ち尽くしている。戸高も根岸も立ったままだ。時間が止まったようだった。どれくらい沈黙が続いただろう。

　最初に口を開いたのは、芦辺雅人だった。

「時間だよ。僕は帰るよ」

　竜崎は言った。

「今の報告を聞いて、我々が君を帰すと思うか？」

　芦辺雅人は竜崎を見た。その表情に、竜崎は驚いた。彼は、ほほえんでいた。

　竜崎は尋ねた。

「何かおかしいことがあるのか？」

「楽しかったな、と思って……」

「楽しかった……」

　彼は、あくまでも将棋やチェスのようなゲームだと感じているのだろうか……。

　芦辺雅人は踵を返して、もとの席に戻った。戸高と根岸は立ったままだった。

　椅子に腰を下ろすと、芦辺雅人は言った。

「あなたが言ったことは、だいたいあってるよ。でも、一つだけ間違っていることがある」

「間違っていること？」

「そう。いじめの仕返しなんかじゃない。玉井とその仲間に思い知らせてやらなければならなかった」

「思い知らせる。何を？」

「自分たちがいじめていた相手が、いったい何者なのか、を……」

「何者なのか……」

「そう」

芦辺雅人はうなずいた。「最初の質問にこたえるよ。そのとおり。僕がルナリアンだ」

24

「私が言ったことが、だいたい合っていたと君は言った。そして、自分がルナリアンであることも認めた」

竜崎は尋ねた。「つまり、君は藤宮たち三人に玉井を殺害させたことを認めるわけだね」

「今さら否定しても仕方がない。僕は投了したんだ。素直に負けを認めるよ」

「もし、これがゲームだったら、君にも勝ち目があったかもしれない。だが、ゲームではなく現実なんだ。だから、君が我々に勝てるはずがないんだ」

芦辺雅人は、肩をすくめてから言った。

「それはどうかな」

「間違いない」

「もう一つだけ、間違いというほどじゃないけど、正しておきたいことがある」

「何だ？」

「玉井が少年院から出て来て、いじめがまた始まり、それで僕が玉井を殺そうと考えた。そう言ったね？」

「そう言った」

「実際はそうじゃない。玉井が少年院に入っている間に、僕は彼のグループを支配下におさめ、人数を増やしていったんだ」

　根岸が言った。

「それで、玉井グループはルナティックと名乗りはじめたのね？」

「そう。その名前は僕がつけた。ルナリアンが支配する組織、ルナティックだ」

　竜崎は尋ねた。

「そうとは知らずに、玉井が少年院から出て来て、再びグループを牛耳(ぎゅうじ)ろうとした……」

「けじめをつけなけりゃならなかったんだ。誰が支配者なのか、ルナティックのメンバーにちゃんとわからせる必要があった」

　戸高が言った。

「引きこもりを続けたまま、ルナティックを支配し続けるつもりだったのか」

　芦辺雅人はこたえた。

「ルナリアンには、それくらいの力があるんだ」

「ふん。ネットで作られた伝説なんて、張りぼてだよ」

戸高が言う。「これから直面する現実の前に、ルナリアンなんてものがまったく無力だってことを、いやというほど思い知ることになる」

竜崎が芦辺雅人に告げた。

「逮捕令状の発行を待つ余裕がないので、午後十一時十二分、この場で逮捕する」

竜崎は捜査本部に戻った。戸高と根岸に命じて、芦辺雅人が自白したことを、岩井管理官に報告させた。

竜崎は、田端課長に言った。

「芦辺雅人がルナリアンでした。彼は、藤宮たち三人に玉井を殺害させたことを認めました」

「三人に玉井を殺害させた……？」

「誰が支配者であるかをはっきりさせるためだったと、彼は言っています」

「ルナリアンですか……。まさに月の住人ですね。何を考えているか、私には理解できません」

「そんなことはないでしょう。少年の頃、自分は何か特別なものになれると思ったことはないですか？」

田端課長はしばらく考えてからこたえた。

「さあ、どうだったでしょう」

それから、付け加えるように言った。「署長も、月の住人の類かもしれませんね」

竜崎は何を言っていいのかわからないので、黙っていた。田端課長がさらに言った。

「刑事部長に報告しなければなりません」

竜崎は言った。

「私が連絡をしましょう」

伊丹に連絡をすると、彼は驚いたように言った。

「いじめの被害者がルナリアンだったって……？」

「殺人事件も、サイバー犯罪も解決だ」

「三件のサイバー犯罪も、芦辺雅人という少年の仕業だったということだな」

「そうだ。いずれにしろ、サイバー犯罪対策課が精査してくれるはずだ」

「前園部長にでかい顔ができるな」

「別にでかい顔をしたいわけじゃない」

「もうじき、県警本部の部長だしな」

「まだ内示が出ただけだ。正式な辞令はまだなんだ」

「準備は始めなければならないだろう」

たしかにそのとおりだ。

だが、特別な準備など必要ないと思っている。国家公務員は、辞令一つでいつどこへでも赴く。その覚悟があった。

引っ越しの用意は妻に任せている。家のことを任せきりなのはよくないのかもしれないが、自分が手を出すとかえって迷惑をかけることになると、竜崎は思っていた。

何事も役割分担だ。

伊丹が言った。

「おまえと捜査本部でいっしょになるのも、これが最後かもしれないな」

「そうとは限らない。神奈川県警と警視庁が合同で捜査するのは珍しいことじゃないだろう」

「何だよ、少しは感傷的になったりはしないのか?」

「どうして感傷的になる必要があるんだ？　キャリアなんて、どこに飛ばされるかわからないんだ。そのうち、海外の大使館に赴任するかもしれない」

「大森署を去るのを淋(さび)しがっているんじゃないかと思ったが、心配することはなさそうだな」

「当たりまえだ」

「送検その他の手続きは、任せていいな」

「ああ。田端課長もいるからだいじょうぶだ」

「じゃあ、頼む」

電話が切れた。

携帯電話をしまうと、竜崎は捜査本部の中を見回した。

被疑者が自白し、送検手続きに入った捜査員たちの表情は明るい。事案が片づいた安堵感と達成感に満ちている。

伊丹が現場に来たがる気持ちが、今になってわかるような気がした。

結局、帰宅したのは、翌日の朝のことだった。土曜日の朝だ。

玄関のドアを開けると、廊下に折りたたんだ段ボールの束が立てかけてあるのが見えた。

ああ、引っ越しの準備が始まったのだな、と思った。

「あら、お帰りなさい」

妻の冴子が奥から出てきて言った。

「ああ。もう引っ越しの準備か」

「そう。急がなくちゃ。引っ越しの準備って、いくら時間があっても足りないから……」

「業者に任せればいいんだ」

「無駄なお金をかけることはないわ。それより、邦彦なんだけど……」

竜崎は靴を脱ぎ、リビングルームに向かいながら尋ねた。

「邦彦がどうした」

「引っ越しをする前に、ポーランドに出発するようなの」

リビングルームのソファに体を投げ出す。

「そうか」

「そうかって……。それだけなの？」

「他に、どう言っていいのかわからないのでな……」

「出発はもっとずっと先のことだと思っていたのに……」

「行くことは決まっていたんだ。いつ行こうが同じことだ。手間取るよりいいだろう」

冴子もソファに腰を下ろした。

「子供が巣立つって、こういうことなのね……」

「何をしみじみ言っているんだ。一年ほど留学するだけのことだろう」

「準備にもっと時間がかかると思っていた。取りあえず、横浜でいっしょに住むものと思っていたのよ。それなのに……」

「まあ、俺もそう思っていたのはたしかだがな……」

これまで、家族の誰かが家を離れたことはない。竜崎家にとって初めての体験だ。

妻は、それで少々うろたえているのだろう。

何があっても動じない冴子にしては珍しいことだ。

「美紀はいずれ嫁いでいくと思っていたけど、邦彦が先に家を出て行くとはね……」

冴子が言う。竜崎はそれにこたえた。

「かわいい子には旅をさせろ、と言うだろう。何度も言うが、たった一年のことだ」

「そうね」

冴子が溜め息をついて、言った。

「その邦彦はどうしてるんだ？」

「まだ寝てるでしょう。たぶん、美紀も……」

竜崎はうなずいた。

「俺も寝る。昨夜は徹夜だった」

「食事は？」

「目が覚めてからでいい」

「わかった」

竜崎は、寝室でパジャマに着替えると、洗面所に行き、歯を磨いた。

そこに邦彦が寝起きの顔でやってきた。

「ああ、おはよう。……つうか、お帰りか」

「横浜に引っ越す前に、ポーランドに出発するんだって？」

「そうなんだ。就学ビザとか手間がかかるかと思ったら、準備がとんとん拍子でさ。向こうの大学の段取りがものすごくよかったんだ。もう、いつでも行ける状態なんだ」

「そうか」

「今度帰ってくるのは、この家じゃないんだね」

「そういうことだな」

「なんだか淋しいね」

「引っ越しなんて慣れているだろう」

「それでも淋しいものは淋しいよ」

どうして、異動や引っ越しとなると、誰もが感傷的になるのだろう。竜崎は不思議に思いながら、邦彦に言った。

「しばらく眠る」

「そうか。捜査本部だったんだね。事件は解決したの？」

「した」

邦彦はうなずいて、歯を磨きはじめた。

竜崎は寝室に戻り、ベッドにもぐりこんだ。目が覚めたときに別の場所にいたら、どんな気分だろう。そんなことを考えているうちに眠りに落ちた。

25

月曜日の午前中に、例によって判押しをしていると、笹岡生安課長と、田鶴が署長室にやってきた。

笹岡課長が竜崎に言った。

「田鶴が戻って来ましたので、ご報告に参りました」

竜崎は田鶴に言った。

「ごくろうだったな」

田鶴がこたえる。

「いやあ、思ったより楽しかったですよ。ルナリアンの正体を突きとめられるとは思いませんでしたねえ」

「君がいなければ、今回の事件は解決できなかったと思う。よく、芦辺雅人のパソコンから痕跡を見つけたな」

「パソコンからは、ハッキングの証拠となるようなデータもソフトもすべて消去されていました。ただハードディスクから消去するだけだと、データが残っているんですが、何度か上書きすることで、完全に消去していましたね」

消えたように見えるデータは、実はそのありかを示す部分が消されているだけだというのは、竜崎も知っていた。復元されないためには、上書きを何度か繰り返す必要がある。

田鶴は、どこか誇らしげな口調で説明を続けた。

「ソフトやアプリの痕跡はレジストリにも残るんですが、それもきれいに書き直されていました。ほとんどお手上げだったんですが、盲点があったんですね」

「メンテナンスソフトだと聞いたが……」

「そうなんです。そいつは、レジストリを最適化する際に、バックアップをするんですが、バックアップデータをローカルディスクだけでなく、クラウドにも残すような設定になっていたんです。そのクラウドに残ったバックアップデータを忘れていたんですね。ルナリアンでも、こんなミスをするんですね」

「専門的な説明を聞いてもちんぷんかんぷんだ」

「ま、そうかもしれませんが、いちおう説明する義務があると思いまして……」

「だが、これだけは言える。犯罪者は必ずミスをする。それを優秀な捜査員は見逃さない」

それを聞いた田鶴はうれしそうに笑顔を見せた。

笹岡生安課長が言った。

「田鶴がサイバー犯罪対策課を去るときに、風間課長が、署長を訪ねたいと言っていたそうです」

竜崎は田鶴を見て言った。

「俺を訪ねる？　何の用があるんだ？」

田鶴は肩をすくめた。

「さあ、俺にはわかりませんね」

そして、その日の午後、風間課長は本当に訪ねて来た。午後一時に半ば一方的にアポイントメントを取り、やってきた。

斎藤警務課長が、慌てた様子でその旨を告げに来た。

「課長お一人ではありません」

「誰がいっしょなんだ？」

「前園生安部長です」

斎藤課長が慌てるのも無理はない。竜崎は言った。

「すぐにお通ししてくれ」

斎藤課長と入れ違いで、二人の背広姿の男が入室してきた。

ずんぐりとした体格のあまり背の高くない五十代と思しき男と、すっきりとした体格の四十代の男だ。

ずんぐりした男が言った。

「前園だ」

ということは、すっきりとした体格の男が風間だ。

竜崎は形式的に立ち上がり、言った。

「ご用件は？」

前園部長が言った。

「一度、ご尊顔を拝したくてね……」

「そんなことで、わざわざ？」

「あなたのおかげで、三件のサイバー犯罪を解決できたことは間違いない。礼の一つも言わなければ、と思ってな」

竜崎は立ったまま言った。

「礼とか、筋を通すとか、私には必要のないことです」

彼らにソファを勧めるつもりはない。だから、自分も立っていた。

前園部長が言った。

「神奈川県警に異動だと聞いた。刑事部長だということだね」

「はい」

「私にとって部長はゴールだ。それも、やっとたどり着いたゴールだ。だが、あなたたちキャリアにとっては通過点に過ぎないんだ」

「たしかにそうですね」

「この差は、どうあがいても埋められない」

「部長だろうが、本部長だろうが、警察庁長官だろうが、関係ありません」

「関係ないというのは、どういうことだ？」

「公務員は、与えられた立場で自分の能力を最大限に発揮するように努力する。ただそれだけです」

「上に行けばそれだけ偉くなる」

「偉いのではありません。やれることの権限が増えるだけです。我々は国民のために働いている。偉いのは国民です」

前園は少しばかり驚いた顔になった。

「本気でそんなことを言っているのか」

「もちろん」

彼は溜め息をついた。

「あんたは、そういう人なんだな。やはり、おいはかなわん」

彼は、くるりと背を向けると、出入り口に向かった。

風間課長がほほえんで言った。

「部長なりの表敬訪問だったのですよ」

「だとしたら、失礼なことを申したかもしれません」

「あなたと仕事ができてよかった。神奈川県警に行かれても、きっと実力を発揮されることでしょう」

「さきほど言ったとおりです。どこにいても、能力を最大限に発揮するように努力するだけです」

そのとき、戸口から前園の声が聞こえた。

「おい、課長。何をしている。行くぞ」

風間課長は笑みを洩らして、竜崎に一礼した。竜崎も礼を返した。

二人は署長室を去っていった。

邦彦が慌ただしくポーランドへ旅立った翌日、正式に辞令が出た。そして、大森署を去る日がやってきた。

竜崎は前もって、斎藤警務課長に言っておいた。

「特別なことは一切やらないように。花束などは必要ないからな」

異動の日だからといって、判押しをやらずに済むわけではない。去る前に決裁しなければならない書類がたくさんある。

竜崎は、朝からその処理に追われていた。多忙なときに限って来客がある。第二方面本部の弓削(ゆげ)本部長と野間崎管理官がやってきた。弓削本部長は言った。

「あなたがいなくなって残念です」

竜崎は判押しをしながらこたえた。

「次の署長とうまくやってください」

「もっと、いろいろとご教授いただきたかった」

竜崎は何も言わず判押しを続けた。

野間崎管理官が言った。

「本当にいろいろと勉強をさせていただきました。署長といっしょした仕事は生涯忘れることはないでしょう」

「大げさですね」

「本音です」

誰も彼もが感傷的だ。竜崎は顔を上げて言った。

「わざわざご足労いただき、恐縮です。しかし、ただの人事異動です。私はまだまだ警察で働きつづけるのです」

弓削本部長が言った。

「いつかまた、どこかでお目にかかることを期待しています」

「そのときは、会わなければよかったと思うかもしれませんよ」

竜崎は本気で言ったのだが、弓削は冗談と受け取ったようだ。彼は笑い、二人は去って行った。

午後になっても、書類の処理に追われていた。

貝沼副署長がやってきて、竜崎に言った。

「そろそろお時間じゃないですか」

竜崎は時計を見た。

「もうそんな時間か……」

神奈川県警本部に行き、本部長に着任の申告をしなければならない。「あとは、新任の署長に任せよう。では、出発するか」

「お世話になりました。署長のおかげで大森署はおおいに変わりました」

変わったのは俺のほうだ。竜崎はそう思ったが、何も言わなかった。

「そういう挨拶は苦手だ」

竜崎は立ち上がった。そのとき、ふと気づいた。署内が妙に静かだ。署長室の外には、警務課や交通課があり、いつもけっこう賑やかなのだ。

一階なので、人の出入りも多い。記者の姿もある。

だが、開け放たれたドアの向こうはしんと静まりかえっているように感じられた。

訝しく思いながら、署長室の出入り口に向かった。出たところに警務課の机の島があるのだが、そこが無人だった。警務課だけではない。交通課にも人がいない。

竜崎は貝沼に尋ねた。

「いったい、何があった？」

貝沼は何もこたえない。

竜崎は署の玄関に向かった。廊下を進む間も、署員の姿を見かけなかった。数メートル進んだとき、思わず竜崎は足を止めた。

受付の先に、広いスペースがある。そこに署員たちが並んでいた。まずは課長たち、そして係長の面々。全員が制服姿だった。

「何事だ……」

竜崎がつぶやいたとき、誰かの号令で、全員が一斉に敬礼をした。

竜崎はしばらく唖然（あぜん）としていた。

彼はすぐ後ろにいた貝沼副署長に尋ねた。

「署長の異動のときは、いつもこんなことをするのか？」

「竜崎署長は特別です。これは署員の総意です」

署員の列は、玄関の外まで続いていた。その中に、戸高と根岸の姿もある。田鶴もいた。彼らも制服姿だった。

竜崎は署員たちに向かって言った。

「こんなことをして、業務に支障があってはならない。すぐに持ち場に戻るんだ」

貝沼が言った。

「そのお言葉、いかにも署長らしいですね」

竜崎は続けて言った。

「だが、まあ……。諸君の気持ちは受け取った。ありがとう」

公用車が待っていた。

竜崎が公用車に乗り込むまで、署員たちは敬礼を続けていた。

貝沼副署長が後部座席のドアを閉めてくれた。竜崎は運転席の係員に言った。

「出してくれ」

車が走り出した。署員たちと庁舎が小さくなっていく。

彼らが感傷的なのにあきれていた。だが、今、自分が誰よりも感傷的になっているかもしれない。

竜崎はそんなことを思っていた。

車は神奈川県警本部に向かっている。新しい職場が、竜崎を待っている。

解説――警察小説の歴史を塗り替えた傑作シリーズ

増田俊也（ますだとしなり）

クリエイターの世界には時代を変えた作品が存在する。

映画でいえばたとえば『ジョーズ』であり『エクソシスト』であり『羊たちの沈黙』である。それぞれ新地平を拓（ひら）き、後々まで類似作品が大量に制作される巨大なウェーブを起こした。一九九〇年代の日本ミステリー界でいえば京極夏彦さんの『姑獲鳥（うぶめ）の夏』（一九九四）や馳星周（はせせいしゅう）さんの『不夜城』（一九九六）などがそうである。警察小説でいえば大沢在昌（ありまさ）さんの『新宿鮫（しんじゅくざめ）』（一九九〇）や高村薫さんの『マークスの山』（一九九三）などもエポックメイキングとなった作品だ。

これらの小説作品が発表された一九九〇年頃から日本の文芸界は空前のミステリーブームとなり、とりわけ警察小説に才能が集まるようになっていく。そのなかであらゆるタイプの警察官が描かれ、あらゆる状況のあらゆる事件が描かれ、日本の警察小説は世界に類をみないほどの高レベルに達していく。

しかしあまりにも多くの作品、多くのシリーズが出たために、もう警察小説はおなかいっぱいだとする空気が出版界にも読者のあいだにも漂いはじめていた。そんなときに登場したのが今野敏先生の『隠蔽捜査』（二〇〇五）であった。

主人公の竜崎伸也の登場は鮮烈だった。これ以前にもキャリア警察官が登場する作品はいくつもあった。しかしそのどれもがいまひとつ物足りず、こちらが乗れない何かがあった。その理由が竜崎伸也の登場でわかった。それまではみな変化球だったのだ。簡単にいえば主人公が拗ねていた。だから仕事に真正面から取り組まず、キャリアであるのにキャリア本来の生活が描かれていない。たとえば警察庁の廊下を歩く描写であるとか、警察庁の上司部下が話をする場面であるとか、キャリアとして新聞記者と会うところであるとか、そういう日常の景色が描かれていない。そしてなによりキャリアたちが物事をどうとらえて仕事をしているかという肝心なことが描かれていない。

竜崎伸也が読者に熱狂的に受け容れられたのは、彼が変化球ではなく直球勝負に生きているからだ。キャリア警察官としてあるべき姿を真っ直ぐに生き、東大卒でなければならないと信じて息子にもそれを厳しく告げ、出世しなければ大きな仕事はできないと衒いなく心中を読者に吐露する。そういった直球に生きる人間のありかたを直球で描く作品こそ、私たち読者が求めていたものだとこのシリーズで気づかされた。

Windows98が登場した二十世紀末を経て二十一世紀に入った頃から本格的なインターネット社会となり、私たちは大量の情報のなかで生きるようになった。はじめはその情報を上手に使って生活を楽しんでいたが、そのうち人間の脳では処理しきれない量の情報が溢れかえるようになって、酸欠になった魚のように常に水面に口を出して喘いでいるような生活になってしまった。こうして自分のなかに信じるべき柱を持てず窒息しそうに生きている現代人は、直球に生きる人間の生き様をこそ見てみたいのだ。それこそが竜崎伸也の生き方であった。

毎回さまざまな設定で読者を圧倒してくる隠蔽捜査シリーズ、今回の『棲月―隠蔽捜査7―』は、竜崎伸也大森署長にとって初のサイバー犯罪を扱っている。私鉄と銀行のシステムダウンなど三件のサイバー犯罪と若者のリンチ殺人になんらかのリンクがあるのではと疑いはじめた竜崎が、部下である生安課の捜査員や少年係の女性刑事とともに犯人に迫っていくスリリングなストーリーである。もちろん警視庁刑事部長の伊丹俊太郎らレギュラー陣も脇をかためて物語を堅固にしている。

興味深いのは物語のはじめに「おまえの異動の噂が出ているらしい」と伊丹に示唆され、竜崎伸也の胸中に言葉にならない思いがよぎることだ。それが寂しさであり、大森署への愛情であることに気づき、合理主義の権化（ごんげ）だと思っていた自分にもウエットな部分があることに竜崎は驚く。人間は人生の大きな転換点に遭うと思索に入らざるを得なくなっていくのだ。

私たち作家も戦争や災害などの危機に際会すると深く考える。なぜ小説は社会に必要なのだろうと。今回の新型コロナウイルスの世界的流行の最中（さなか）にも私は考えつづけた。そしてこう結論を出してみた。小説とは息苦しい世の中に生きながら夢をみるための装置ではないかと。

現実世界で逼迫（ひっぱく）しているほど人間には夢が必要になる。たとえば「警察官になりたい」とか「サッカー選手になりたい」とか「IT企業を起こしたい」といった夢だ。いまは世界はこんな状況だけれど、いまはこんな小さな人間だけれど、小説のなかで警察官になり、小説のなかでJリーガーになり、小説のなかで社長になることができる。

ただし、こうして未来の夢を見るのは若者だけの特権だ。私たちのように五十歳を過ぎた人間は小説に過去の夢を見る。「あのときこうしていればどうなっただろうか」とか「あのとき選んだ道は正しかったのだろうか」と、さまざまな自分を考えるのである。私もときどき北海道大学で真面目（まじめ）に勉強をして研究者として残っていた自分も考えるし、中退したときに柔道部師範に奨められるまま北海道警に入っていた自分も考える。北海タイムス社や中日新聞社に残っていた自分も考える。断った異動にあのとき応じていればどうなっただろうとも考える。

私たち五十代の半ばという世代は、仕事において最後の直線コースに入っている。友人のなかには都道府県警察本部長に就いているキャリア警察官もいるし、現場のマル暴刑事としてヤクザに怖れられている者もいる。大臣を経験した者もいるし、大学教授も開業医も弁護士もいる。漁師もいれば木樵もいれば農業をやっている者もいる。蕎麦屋を経営している者、焼き芋屋をやっている者、翻訳業をする者、大工をする者、税理士をする者、薬剤師をする者、さまざまだ。いえるのは、若者と違って、この歳まで食っている道をいまさら変えて隣のレールを走れやしないということだ。だから隠蔽捜査シリーズを私たち年輩読者はこう考えながら読む。たとえば「竜崎伸也のようなキャリア警察官に俺がなっていたらどう生きただろう」とか「根岸のような少年係の女性刑事に私がなっていたらどう行動しただろう」と。

それぞれ思いを寄せる登場人物は違うにちがいない。私が自分を重ねるのは戸高善信刑事（階級は巡査部長）だ。

第一作の『隠蔽捜査』で、当時警察庁長官官房総務課長（階級は警視長）としてマスコミ対応などを担当していた竜崎伸也が初めて大森署を訪ねた。竜崎と戸高の出会いは、こう描かれる。

《大森署は、思ったより静かだった。

出入りしている記者たちも、成り行きを見守っているといった印象があった。

通りかかった刑事らしい私服警察官に捜査本部の場所を尋ねた。

「知らねえよ」

その私服警察官は、ぶっきらぼうに言った。「あそこに受付があるだろう。あそこで訊けよ」

猫背で首が太い。腕も太く全体にがっしりとした体格だ。おそらく大学の柔道部の出身だろうと思った。その私服警察官の態度が気に入らなかった。

「あなたは、一般市民に対していつもそんな態度なんですか?」

体格のいい私服警察官は、竜崎を睨みつけ、ぐいっと顔を近づけてきた。

「なんか文句あんのか? 文句あるんなら、聞いてやってもいいぞ。ただし、取調室でな。なんなら、二、三日泊めてやるぞ」

「私を逮捕するという意味ですか? 罪状は?」

「そんなもん、どうにでもなるんだよ。こっちの虫の居所次第なんだ」

「それは信じがたい言葉ですね」

「信じさせてやろうか。警察は甘くねえんだよ」

こんな警察官たちのために、伊丹は苦労し、追いつめられているのか。そう思うと、腹が立ってきた。

「身分証を出しなさい」

「何だと、てめえ……」

「手帳を出せと言ってるんだ」

私服警察官は、ようやく様子が妙なことに気づいたようだ。一般市民は警察官に脅しをかけられて、こうも堂々としてはいられないはずだ。

警察官に声をかけられるだけで、一般市民は緊張するものだ。だから、現場の警察官は増長する。

「何者だ、てめえ……。弁護士か？」

竜崎はうんざりした気分で、身分証を提示した。相手はそれをひったくるように受け取り、しげしげと眺めた。

みるみる顔色が失せていった。

竜崎の身分証を両手で差し出すと、その私服警察官は直立不動になった。
「気をつけをしろと言った覚えはありません。身分証を出せと言ったのです」
「勘弁してください。警察庁の警視長殿なら、最初からそう言ってくだされば……」》

二人の人物像を、このワンシーンで鮮やかに切り取っている。

この戸高こそが竜崎伸也という人物に陰影を与える最も重要なキャラクターだ。一昨年亡くなった元横綱輪島に現役時代まったく勝てなかった力士がこんなふうに語っていた。「黄金の左とよく言われるけども、彼に関してはじつは右のおっつけが利いているんです。みんなあれを防ぐのが精一杯になっているところに左の下手投げがくる」。隠蔽捜査シリーズにおいてこの右のおっつけにあたるのが戸高刑事である。

物事には表裏があり、右左があり、遠近があり、濃淡がある。それらは単体では光を発しない。自分とは真逆のものが自分を光らせてくれる。それと同じように小説の登場人物を光らせるには異質で真逆の人物が必要だ。主人公の竜崎伸也にとって互いの魅力を高め合う存在、それがこの戸高刑事なのである。その後も戸高はシリーズにたびたび登場し、竜崎伸也が最も信頼する現場警察官となっていく。そして戸高のほうも竜崎伸也をキャリア警察官としてではなく〝現場警察官〟として認めていく。階級が天と地ほど違うこの二人の心情の変化は、シリーズの大きな読みどころのひとつであろう。

竜崎伸也にはもうひとり真逆の存在がいる。もちろん伊丹俊太郎刑事部長である。戸高とは階級差を乗り越えて互いの仕事を認め合う友情だが、この伊丹はキャリアとして同期入庁した同じエリート警察官である。竜崎がとことん公務員的なのに比べ、この伊丹はキャリアのなかでは微妙に不良なのだ。ネクタイと襟元(えりもと)が少し乱れていつもポケットに両手を突っ込んでいる不良っぽい姿を読者に想像させるような空気を持っている。それもそのはずである。彼は竜崎伸也の小学校時代の同級生で子供のころから親分肌のガキ大将、竜崎に対するイジメの中心人物だったのだから。ただしイジメを受けた竜崎はそれを覚えているが伊丹のほうは忘れている。彼ら二人もまた、互いの足りないところを補い合い、互いの持ち味を輝かせ合う存在だ。仕事を通してのこの二人の成長もまた隠蔽捜査シリーズの読みどころである。

小説とは何か。それはもうひとりの自分に出会うための旅である。若者にとっては未来の自分を見るための旅であり、年配者にとってはもうひとりの自分を生き直すための旅である。本を読んでいる数時間、あるいは数日間、そこには読者の数だけ夢がある。人間は小説を読むことによって何度でも生まれ変わることができる。

今日も『隠蔽捜査』の最新刊を手に胸を高鳴らせながら布団(ふとん)に潜りこむ。そして眠くなるまでその世界に浸りきり、眠ってしまったあとも『隠蔽捜査』の続きを夢のなかで見る。

あなたが今日見る夢は竜崎伸也になった夢だろうか。あるいは伊丹刑事部長になった夢だろうか。それとも警視庁の捜査一課長や大森署の女性刑事になった夢だろうか。同じ隠蔽捜査シリーズの読者として夢のなかでお会いできればと思う。ふてぶてしい表情で仕事をしている戸高刑事を見かけたら「増田さんですか」と声をかけてみてほしい。ニヤリと笑ったら、それは間違いなく私である。

（二〇二〇年五月、作家）

この作品は二〇一八年一月新潮社より刊行された。

棲月（せいげつ）

—隠蔽捜査7—

新潮文庫　こ－42－59

令和二年八月一日発行
令和六年十一月五日四刷

著者　今野敏（こんの・びん）

発行者　佐藤隆信

発行所　株式会社新潮社

郵便番号　一六二―八七一一
東京都新宿区矢来町七一
電話　編集部(〇三)三二六六―五四四〇
　　　読者係(〇三)三二六六―五一一一
https://www.shinchosha.co.jp

価格はカバーに表示してあります。

乱丁・落丁本は、ご面倒ですが小社読者係宛ご送付ください。送料小社負担にてお取替えいたします。

印刷・大日本印刷株式会社　製本・加藤製本株式会社

ISBN978-4-10-132163-9　C0193